经典

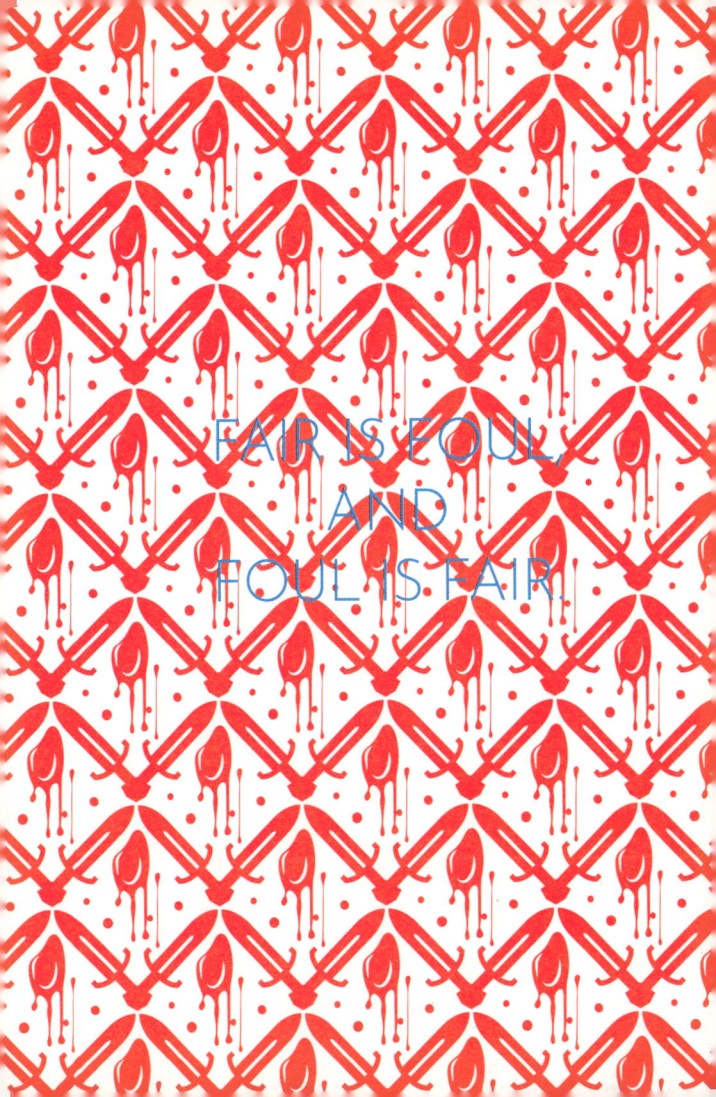

FAIR IS FOUL
AND
FOUL IS FAIR.

"美即丑恶丑即美。"

[英]威廉·莎士比亚 / 著
朱生豪 / 译

麦克白

海南出版社
·海口·

图书在版编目（CIP）数据

麦克白/(英)威廉·莎士比亚著;朱生豪译.
海口：海南出版社，2025.3. -- (未读经典).
ISBN 978-7-5730-2346-9

Ⅰ.I561.33

中国国家版本馆CIP数据核字第202507CF62号

麦克白
MAIKEBAI

[英]威廉·莎士比亚 著 朱生豪 译

责任编辑：	胡守景
执行编辑：	戴慧汝
封面设计：	APT
出版发行：	海南出版社
地　　址：	海南省海口市金盘开发区建设三横路2号
邮　　编：	570216
电　　话：	（0898）66822026
印　　刷：	大厂回族自治县德诚印务有限公司
版　　次：	2025年3月第1版
印　　次：	2025年3月第1次印刷
开　　本：	880 mm × 1230 mm　1/64
印　　张：	2.875
字　　数：	84千字
书　　号：	ISBN 978-7-5730-2346-9
定　　价：	25.00元

本书若有质量问题，请致电（010）52435752。

未经许可，不得以任何方式
复制或抄袭本书部分或全部内容
版权所有，侵权必究

剧中人物

邓　肯 ◇ 苏格兰国王

马尔康 ｜ 邓肯之子
道纳本 ｜

麦克白 ｜ 苏格兰军中大将
班　柯 ｜

麦克德夫 ｜ 苏格兰贵族
列诺克斯 ｜
洛　斯 ｜
孟提斯 ｜
安格斯 ｜
凯士纳斯 ｜

弗里恩斯 ◇ 班柯之子

西华德 ◇ 诺森伯兰伯爵，英国军中大将

小西华德 ◇ 西华德之子

西　登 ◇ 麦克白的侍臣

麦克德夫的幼子

英格兰医生

苏格兰医生

军曹

门房

老翁

麦克白夫人

麦克德夫夫人

麦克白夫人的侍女

赫卡忒及三女巫

贵族、绅士、将领、兵士、刺客、侍从及使者等
班柯的鬼魂及其他幽灵等

地　点

苏格兰;英格兰

第一幕
ACT I

FAIR IS FOUL, AND
FOUL IS FAIR.

美即丑恶丑即美。

第 一 场

荒原

[雷电] 三女巫上

女巫甲　何时姊妹再相逢,
　　　　雷电轰轰雨蒙蒙?
女巫乙　且等烽烟静四陲,
　　　　败军高奏凯歌回。
女巫丙　半山夕照尚含晖。
女巫甲　何处相逢?
女巫乙　在荒原。
女巫丙　共同去见麦克白。

女巫甲　　我来了,狸猫精。

女巫乙　　癞蛤蟆叫我了。

女巫丙　　来也①。

三女巫　　[合] 美即丑恶丑即美,

　　　　　翱翔毒雾妖云里。

同下

第 二 场

福累斯附近的营地

[内号角声] 邓肯、马尔康、
道纳本、列诺克斯及侍从等上,
与一流血之军曹相遇

邓肯　　那个流血的人是谁?看他的样子,也许可以向我们报告关于叛乱最近的消息。

马尔康　这就是那个奋勇苦战帮助我冲出敌人重围的军曹。祝福,勇敢的朋友!把你离开战场以前的战况报告王上。

军曹　　双方还在胜负未决之中;正像两个精疲

力竭的游泳者，彼此扭成一团，显不出他们的本领来。那残暴的麦克唐华德不愧为一个叛徒，因为无数奸恶的天性都丛集于他的一身；他已经征调了西方各岛上的轻重步兵，命运也像娼妓一样，有意向叛徒卖弄风情，助长他罪恶的气焰。可是这一切都无能为力，因为英勇的麦克白——真称得上一声"英勇"——不以命运的喜怒为意，挥舞着他的血腥的宝剑，像个煞星似的一路砍杀过去，直到那奴才的面前，也不打个躬，也不通一句话，就挺剑从他的肚脐上刺了进去，把他的胸膛划破，一直划到下巴上；他的头已经割下来挂在我们的城楼上了。

邓肯　啊，英勇的表弟！尊贵的壮士！

军曹　天有不测风云，从那透露曙光的东方偏偏卷来了无情的风暴和可怕的雷雨；我们正在兴高采烈的时候，却又遭遇了重大的打击。听着,陛下,听着:当正义凭着勇气的威力正在驱逐敌军向后溃退的时候,挪威国君看见有机可乘,调了一批甲械精良的生力军又向我们开始一次新的猛攻。

邓肯　我的将军们,麦克白和班柯有没有因此而气馁?

军曹　是的,要是麻雀能使怒鹰退却、兔子能把雄狮吓走的话。实实在在地说,他们就像两尊巨炮,满装着双倍火力的炮弹,越发愈猛,向敌人射击;瞧他们的神气,好像拼着浴血负创,非让尸骸铺满原野,否则决不罢手——可是我的气力已经不济了,我的伤口需要马上医治。

邓肯　你的叙述和你的伤口一样,都表现出一个战士的精神。来,把他送到军医那儿去。

　　　　　　　　　　　　侍从扶军曹下

洛斯上

邓肯　　　谁来啦?

马尔康　　尊贵的洛斯爵士。

列诺克斯　他的眼睛里露出多么慌张的神色!好像要说些什么意想不到的事情似的。

洛斯　　　上帝保佑吾王!

邓肯　　　爵士,你从什么地方来?

洛斯　　　从费辅来,陛下,挪威的旌旗在那边的天空招展,把一阵寒风扇进了我们人民的心里。挪威国君亲自率领了大队人马,靠着那个最奸恶的叛徒考特爵士的帮助,开始了一场残酷的血战;后来麦克白披甲戴盔,和他势均力敌,刀来枪往,奋勇交锋,方才挫折了他的凶焰;胜利终于属我们所有——

邓肯　　　好大的幸运!

洛斯　　　现在史威诺,挪威的国王,已经向我们求和了。我们责令他在圣戈姆小岛上缴纳一万块钱充入我们的国库,否则不让他把战死的将士埋葬。

邓肯　考特爵士再也不能骗取我的信任了，去宣布把他立即处死，他原来的爵位移赠麦克白。

洛斯　我这就去执行陛下的旨意。

邓肯　他所失去的，也就是尊贵的麦克白所得到的。

同下

第 三 场

荒原

[雷鸣]三女巫上

女巫甲　妹妹,你从哪儿来?

女巫乙　我刚杀了猪来。

女巫丙　姊姊,你从哪儿来?

女巫甲　一个水手的妻子坐在那儿吃栗子,啃呀啃呀啃呀地啃着。"给我吃一点。"我说。"滚开,妖巫!"那个吃鱼吃肉的贱人喊起来了。她的丈夫是"猛虎号"的船长,到阿勒坡去了;我要乘着这筛

　　　　　　子②追上他去，像只没有尾巴的老鼠，

　　　　　　瞧我的，瞧我的，瞧我的吧。

女巫乙　　我助你一阵风。

女巫甲　　感谢你的神通。

女巫丙　　我也助你一阵风。

女巫甲　　刮到西来刮到东。

　　　　　　到处狂风吹海立，

　　　　　　浪打行船无休息；

　　　　　　终朝终夜不得安，

　　　　　　骨瘦如柴血色干；

　　　　　　一年半载海上漂，

　　　　　　气断神疲精力消；

　　　　　　他的船儿不会翻，

　　　　　　暴风雨里受苦难。

　　　　　　瞧我有些什么东西？

女巫乙　　给我看，给我看。

女巫甲　　这是一个在归途覆舟殒命的舵工的拇指。

［内鼓声］

女巫丙　　鼓声！鼓声！麦克白来了。

三女巫　　[合]手携手,三姊妹,

　　　　　沧海高山弹指地,

　　　　　朝飞暮返任游戏。

　　　　　姊三巡,妹三巡,

　　　　　三三九转蛊方成。

麦克白及班柯上

　　麦克白　我从来没有见过这样阴郁而又光明的日子。

　　班柯　　到福累斯还有多少路?这些是什么人,形容枯槁,服装怪诞,不像是人间的居民,可是却在人间出现?你们是活人吗?你们能不能回答我们的问题?好像你们懂得我的话,因为每一个人都同时把她满是皱纹的手指按在干枯的嘴唇上。你们应当是女人,可是你们的胡须使我不敢相信你们是女人。

　　麦克白　你们要是能够讲话,告诉我们你们是什么人?

　　女巫甲　万福,麦克白!祝福你,葛莱密斯爵士!

女巫乙	万福,麦克白!祝福你,考特爵士!
女巫丙	万福,麦克白,未来的君王!
班柯	将军,您为什么这样吃惊,好像害怕这种听上去很好的消息似的?用真理的名义回答我,你们到底是幻象呢,还是果真像你们所显现的那样真实?你们向我高贵的同伴致敬,并且预言他未来的尊荣和远大的希望,使他仿佛听得入迷,可是你们却没有对我说一句话。要是你们能够洞察时间所播的种子,知道哪一颗会长成,哪一颗不会长成,那么请对我说吧。我既不乞讨你们的恩惠,也不惧怕你们的憎恨。
女巫甲	祝福!
女巫乙	祝福!
女巫丙	祝福!
女巫甲	比麦克白低微,可是你的地位在他之上。
女巫乙	不像麦克白那样幸运,可是比他更有福。
女巫丙	你虽然不是君王,但你的子孙将要君临

一国。万福,麦克白和班柯!

女巫甲 班柯和麦克白,万福!

麦克白 且慢,你们这些闪烁其词的预言者,明白一点告诉我。西纳尔③死了以后,我知道我已经晋封为葛莱密斯爵士,可是又怎么会做起考特爵士来呢?考特爵士现在还活着,他的势力非常煊赫;至于说我是未来的君王,那正像说我是考特爵士一样难以置信。说,你们这种奇怪的消息是从什么地方得来的?为什么你们要在这荒凉的旷野用这种预言式的招呼使我们止步?说,我命令你们。[三女巫隐去]

班柯 地上有泡沫,就像水上的泡沫似的。她们刚还在这里。她们消失到什么地方去了?

麦克白 消失在空气之中,好像是有形体的东西,却像呼吸一样融化在风里了。我倒希望她们再多留一会儿。

班柯　　我们正在谈论的这些怪物,果然曾经在这儿出现过吗?还是因为我们误食了令人疯狂的草根,已经丧失了我们的理智?

麦克白　您的子孙将要成为君王。

班柯　　您自己将要成为君王。

麦克白　而且还要做考特爵士,她们不是这样说的吗?

班柯　　正是这样说的。谁来啦?

洛斯及安格斯上

洛斯　　麦克白,王上已经很高兴地接到了你胜利的消息。当他听见你在这次征讨叛逆战争中所表现出的英勇勋绩的时候,他简直不知应当惊异还是应当赞叹。在这两种心理的交相冲突之下,他快乐得说不出话来。他又得知你在同一天之内,在雄壮的挪威大军的阵地上出现,不因你自己亲手造成的死亡惨象而感到任何的恐惧。报信的人像密雹一样接踵而至,异口同声地在他面前称颂你保卫祖国的大功。

安格斯 我们奉王上的命令前来,向你传达他慰劳的诚意;我们的使命只是迎接你回去面谒王上,不是来酬答你的功绩的。

洛斯 为了向你保证他将给你更大的尊荣,他叫我替你加上考特爵士的称号;祝福你,最尊贵的爵士!这一个尊号是属于你的了。

班柯 什么!魔鬼说的竟是真话吗?

麦克白 考特爵士现在还活着,为什么你们要给我穿上借来的衣服?

安格斯 原来的考特爵士现在还活着,可是因为他的自取其咎,犯了不赦的重罪,在无情的判决之下,将要失去他的生命。他究竟有没有和挪威人公然联合,或者曾经给过叛党秘密援助,抑或同时用这两种手段来图谋颠覆他的祖国,我还不能确切知道;可是他的叛国重罪,已经由他亲口供认,并且证据确凿,他将遭到毁灭的命运。

麦克白　[旁白]葛莱密斯、考特爵士;最大的尊荣还在后面。[向洛斯、安格斯]谢谢你们的跋涉。[向班柯]您不希望您的子孙将来做君王吗?方才她们称呼我作考特爵士,不也同时许给您的子孙莫大的尊荣吗?

班柯　您要是完全相信她们的话,也许做了考特爵士以后,还想把王冠也攫到手里。可是这种事情很奇怪——魔鬼为了陷害我们,往往故意向我们说真话,在小事情上取得我们的信任,然后在重要关头,我们便会堕入他的圈套。两位大人,让我对你们说句话。

麦克白　[旁白]两句话已经证实,这像是美妙的开场白,接下去就是帝王登场的正戏了。[向洛斯、安格斯]谢谢你们两位。

[旁白]这种神奇的启示不会是凶兆,

可是也不像是吉兆。假如它是凶兆，为什么用一开头就能应验的预言保证我未来的成功呢？我现在不是已经做了考特爵士了吗？假如它是吉兆，为什么那句话会在我脑中引起可怖的印象，令我毛发悚然，使我的心全然失去常态，怦怦地跳个不停呢？想象中的恐怖远大于实际上的恐怖——我的脑中不过偶然浮起了杀人的妄念，就已经使我全身震撼，心灵在胡思乱想中丧失了作用，把虚无的幻影认作真实了。

班柯　　瞧，我们的同伴想得多么出神。

麦克白　[旁白]要是命运将会使我成为君王，那么命运为何不会替我加上王冠，用不着我自己费力。

班柯　　新的尊荣加在他的身上，就像我们穿上新衣服一样，在没有穿惯以前，总觉得有些不大适身。

麦克白　[旁白]事情要来尽管来吧，最难堪的日子也会过去的。

班柯 尊贵的麦克白,我们在等候着您的意旨。

麦克白 原谅我,我的迟钝的脑筋刚想起了一些已经忘记了的事情。两位大人,你们的辛苦已经铭刻在我的心上,我每天都要把它翻开来诵读。让我们到王上那儿去。想一想最近发生的这些事情,等我们把一切仔细考虑过以后,再把各人心里的意思开诚相告吧。

班柯 很好。

麦克白 现在暂时不必多说。来,朋友们。

同下

第 四 场

福累斯。宫中一室

[喇叭奏花腔]邓肯、马尔康、道纳本、列诺克斯及侍从等上

邓肯 考特的死刑执行完毕没有？监刑的人还没有回来吗？

马尔康 陛下，他们还没有回来，可是我曾经和一个亲眼看见他就刑的人谈过话，他说他很坦白地供认他的叛逆，请求您宽恕他的罪恶，并且表示深切的悔恨。他一生行事，从来不曾像他临终的时

> 候那样得体；他抱着视死如归的态度，抛弃了他最宝贵的生命，就像它是不足介意、不值一钱的东西一样。

邓肯　世上还没有任何一种方法，可以从一个人的脸上探察他的居心——他是我曾经绝对信任的人。

麦克白、班柯、洛斯及安格斯上

邓肯　啊，最值得钦佩的表弟！我忘恩负义的罪恶，刚才还重压在我心头。你的功劳太超乎寻常了，连飞得最快的报酬都追不上你；要是它再微小一点，那么也许我就可以按照适当的名分，给你应得的感谢和酬劳；现在我只能这样说，一切报酬都不能抵偿你的伟大勋绩。

麦克白　为陛下尽忠效命，本身就是一种酬报。接受我们的劳力是陛下的名分。我们对于陛下和王国的责任，正像子女和奴仆一样，为了尽我们的敬爱之忱，无论做什么事都是应该的。

邓肯　欢迎你回来。我已经开始把你栽培，我要努力使你繁茂。尊贵的班柯，你的功劳也不在他之下，让我把你拥抱在我的心头。

班柯　要是我能够在陛下的心头生长，那收获就是属于陛下的。

邓肯　我洋溢在心头的盛大喜乐，想要在悲哀的泪滴里隐藏它自己。吾儿，各位国戚，各位爵士，以及一切最亲近的人，我现在向你们宣布立我的长子马尔康为储君，册封为肯勃兰亲王，他将来要继承我的王位；不仅仅是他一个人受到这样的光荣，广大的恩宠将像繁星一样，照耀在每一位有功者的身上。陪我到殷佛纳斯去，让我再叨受一次你盛情的招待。

麦克白　不为陛下效劳，闲暇成了苦役。让我做一个前驱者，把陛下光临的喜讯先去报告我的妻子知道。现在我就此告辞了。

邓肯　我尊贵的考特！

麦克白　[旁白]肯勃兰亲王！这是一块横在我前途的阶石，我必须跳过这块阶石，否则就要颠仆在它上面。星星啊，收起你们的火焰！不要让光亮照见我黑暗幽深的欲望。眼睛啊，请对这双手要干的事视而不见；但我仍要下手，就算这事会吓得眼睛不敢看，我也要让它实现。

下

邓肯　真的，尊贵的班柯，他真是英勇非凡，我已经饱听人家对他的赞美，那对我就像是一桌盛宴。他现在先去预备款待我们了，让我们跟上去。真是一个无与伦比的国戚。

[喇叭奏花腔]众下

书名　　　　　　　　作者

我的评分　　　　　　阅读日期
★ ★ ★ ★ ★

最爱金句

我的书评

U N R E A D

一起制作读书笔记吧！
把「未读」变成已读

画下本书封面吧!

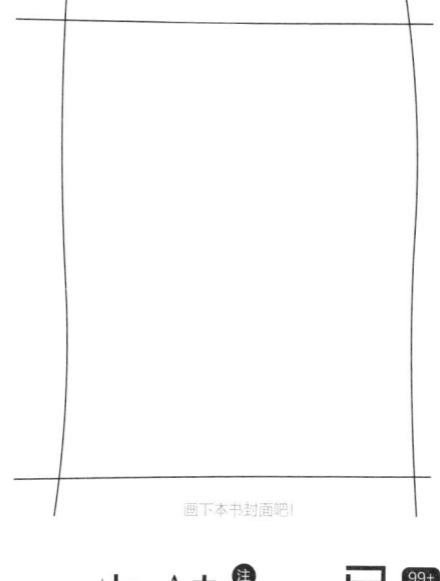

from 未读 A/DR → to 已读 99+

注「未读」，未读之书，未经之旅。一个不甘于平庸，富有探索与创新精神的综合文化品牌，为读者提供有趣、实用、涨知识的新鲜阅读。

使用说明：
沿虚线裁开本卡片，即可获得1张读书笔记小卡。填写并收集本卡片，在小红书发笔记可兑换 未读 独家文创。卡片数量越多，文创越是重磅。

扫码或搜索关注小红书
@未读Unread 查看活动详情

本活动最终解释归「未读」所有

第 五 场

殷佛纳斯。麦克白的城堡

麦克白夫人上[读信]

麦克白夫人 "她们在我胜利的那天遇到我;我根据最可靠的说法,知道她们是具有超越凡俗的知识。当我燃烧着热烈的欲望,想要向她们详细询问的时候,她们已经化为一阵风不见了。我正在惊奇不止,王上的使者就来了,他们都称我为'考特爵士';那个尊号正是这些神巫用来称呼我的,而且她们还对我做这样的预示,说是'祝福,未来的君王!'我想我应该把这样的消息告诉你,我最亲爱的有福同享的伴侣,好让你不至于因为对你所将要得到的富贵一无所知,而失去你所应该享有的欢欣。把它放在你的心头,再会。"你本是葛莱密斯爵士,现在又做了考特爵士,将来还会达到那预言所告诉你的高位。可是我却为你的天性忧虑:它充满了太多人情的乳臭,使你不敢采取最近的捷径;你希望做一个伟大的人物,你不是没有野心,可是你却缺少和那种野心相联属的奸恶;你的欲望很大,但又希望只采用正当的手段;一方面不愿玩弄机诈,一方面却又要作非分的攫夺;伟大的爵士,你想要的那东西正在喊:"你要到手,就得这样干!"你也不是不肯这样干,而是怕干。赶快回来吧,让我把我的精神力量倾注在你的耳中；命运和玄奇的力量分明已经准备把黄金宝冠罩在你的头上，让我用伶俐的舌头，把那阻止你得到那顶王冠的一切障碍驱扫一空吧。

一使者上

麦克白夫人 你带了些什么消息来？

使者 王上今晚要到这儿来。

麦克白夫人 你在说疯话吗？主人不是跟王上在一起吗？要是果真有这一回事，他一定会早通知我们做准备的。

使者 禀夫人，这话是真的。我们的爵爷快要来了。我的一个伙伴比他早到了一步，他跑得气都喘不过来，好不容易告诉了我这个消息。

麦克白夫人 好好照顾他。他带来了重大的消息。

使者下

报告邓肯走进我这堡门来送死的乌鸦，它的叫声是嘶哑的。来，注视着人类恶念的魔鬼们！解除我女性的柔弱，用最凶恶的残忍自顶至踵灌注我的全身；凝结我的血液，不要让怜悯钻进我的心头，不要让天性中的恻隐摇动我狠毒的决意！来，你们这些杀人的使者，你们无形的躯体散满在空中，到处找寻为非作恶的机会，进入我这妇人的胸中，把我的乳水当作胆汁吧！来，阴沉的黑夜，用地狱中最昏暗的浓烟罩住你自己，让我锐利的刀瞧不见它自己切开的伤口，让青天不能从黑暗的重衾里探出头来，高喊"住手，住手！"

麦克白上

麦克白夫人　伟大的葛莱密斯！尊贵的考特！比这二者更伟大、更尊贵的未来的统治者！你的信使我飞越蒙昧的当下，我已经感觉到未来的搏动了。

麦克白　我最亲爱的亲人，邓肯今晚要到这儿来。

麦克白夫人　　什么时候回去呢?

麦克白　　他预备明天回去。

麦克白夫人　　啊!太阳永远不会见到那样一个明天。您的脸,我的爵爷,正像一本书,人们可以从那上面读到奇怪的事情。您要欺骗世人,就必须装出和世人同样的神气;让您的眼睛里、您的手上、您的舌尖,随处流露着欢迎;让人家瞧您像一朵纯洁的花朵,可是在花瓣底下却有一条毒蛇潜伏。我们必须准备款待这位将要来到的贵宾;您可以把今晚的大事交给我去办;凭此一举,我们今后就可以日日夜夜永远掌握君临万民的无上权威。

麦克白　　我们还要商量商量。

麦克白夫人　　泰然自若地抬起您的头来,脸上变色最易引起猜疑。其他一切都包在我身上。

　　　　　　　　　　　　　　　　　　　同下

第 六 场

同前。城堡之前

[高音笛奏乐;火炬前导]

邓肯、马尔康、道纳本、班柯、

列诺克斯、麦克德夫、洛斯、

安格斯及侍从等上

邓肯　这座城堡的位置很好,一阵阵温柔的和风轻轻吹拂着我们微妙的感觉。

班柯　夏天的客人——巡礼庙宇的燕子,也在这里筑下了它温暖的巢居,这可以证明这里的空气有一种诱人的香味;檐下梁间、墙头屋角,无不是这鸟儿安置吊床和摇篮的地方:凡是它们生息繁殖之处,我注意到空气总是很新鲜芬芳。

麦克白夫人上

邓肯　　瞧,瞧,我们尊贵的主妇!到处跟随我们的挚情厚爱,有时候反而给我们带来麻烦,可是我们还是要把它当作厚爱来感谢;所以根据这个道理,我们给你带来了麻烦,你还应该感谢我们,祷告上帝保佑我们。

麦克白夫人　　我们的犬马微劳,即使加倍报效,比起陛下赐给我们的深恩广泽,也还是不足挂齿的;我们只有燃起一瓣心香,为陛下祷祝上苍,报答陛下过去和近日赐予我们的荣宠。

邓肯　　考特爵士呢?我们想要追在他的前面,趁他没有到家,先替他设宴洗尘;不料他骑马的本领十分了得,他的一片忠心使他急如星火，助他比我们先到一步。高贵贤淑的主妇，今天晚上我要做您的宾客了。

麦克白夫人 只要陛下吩咐，您的仆人们随时准备把他们自己和他们所有的一切任陛下清点，把原来属于陛下的依旧呈献给陛下。

邓肯 把您的手给我，领我去见我的居停主人。我很敬爱他，我还要继续眷顾他。请了，夫人。

同下

第 七 场

同前。堡中一室

[高音笛奏乐;室中遍燃火炬]

一司膳及若干仆人持肴馔食

具上,自台前经过。麦克白上

> 麦克白　要是干了以后就了事,那么还是快一点干;要是凭着暗杀的手段,就可以攫取美满的结果,又可以排除一切后患;要是这一刀砍下去,就可以完成一切、终结一切、解决一切——在这人世上,仅仅在这人世上,在时间这大海的浅滩

上；那么来生我也就顾不到了。可是在这种事情上，我们往往逃不过现世的裁判；我们树立下血的榜样，教会别人杀人，结果反而自己被人所杀；把毒药投入酒杯里的人，结果自己也会饮鸩而死，这就是一丝不爽的报应。他到这儿来本有两重的信任：第一，我是他的亲戚，又是他的臣子，按照名分绝对不能干这样的事；第二，我是他所住之处的主人，应当保障他的人身安全，怎么可以自己持刀行刺？而且，这个邓肯秉性仁慈，处理国政，从来没有过失，要是把他杀死了，他的生前的美德，将要像天使一般发出喇叭一样清澈的声音，向世人昭告我的弑君重罪；"怜悯"像一个赤身裸体在狂风中飘游的婴儿，又像一个御气而行的天使，将要把这可憎的行为揭露在每一个人的眼中，使眼泪淹没叹息。没有一种力量可以鞭策我实现自己的意图,可是我的跃跃欲试的野心,却不顾一切地驱着我去冒颠踬的危险——

麦克白夫人上

麦克白　啊!什么消息?

麦克白夫人　他快要吃好了。你为什么从大厅里跑了出来?

麦克白　他有没有问起我?

麦克白夫人　你不知道他问起过你吗?

麦克白　我们还是不要继续这件事情吧。他最近给了我极大的尊荣;我也好不容易从各种人的嘴里博到了无上的美誉,我的名声现在正在绽放最灿烂的光彩,不能这么快就把它丢弃了。

麦克白夫人　难道你沉浸其中的那种希望,只是醉后的妄想吗?它现在从一场睡梦中醒来,因为追悔自己昨天的孟浪,而吓得脸色这样苍白吗?从这一刻起,我要把你的爱情看作同样靠不住的东西。

你不敢让你的行为和勇气跟你的欲望一致吗？你宁愿像一只畏首畏尾的猫儿，顾全你所看作生活装饰品的名誉，不惜让你在自己眼中成为一个懦夫，让"我不敢"永远跟随在"我想要"的后面吗？

麦克白　请你不要说了。只要是男子汉做的事，我都敢做；没有人比我有更大的胆量。

麦克白夫人　那么当初是什么畜生使你把这种企图告诉我的呢？是男子汉就应当敢作敢为；要是你敢做一个比你更伟大的人物，那才更是一个男子汉。那时候，无论时间和地点，都不曾给你下手的方便，可是你却居然决意要实现你的愿望；现在你有了大好机会，却又失去勇气了。我曾经哺乳过婴孩，知道一个母亲是怎样怜爱那吮吸她乳汁的子女；可是，要是我也像你一样，曾经发誓下这样毒手的话，我会在他看着我的脸微笑的时候，从他的柔软的嫩嘴里摘下我的乳头，把他的脑袋砸碎。

麦克白　　　假如我们失败了——

麦克白夫人　我们失败！只要你集中你的全部勇气，我们决不会失败。邓肯辛苦赶了一天的路程，一定睡得很熟；我再去陪他那两个侍卫饮酒作乐，灌得他们头脑昏沉、记忆化成一阵烟雾；等他们烂醉如泥、像死猪一样睡去以后，我们不就可以把那毫无防卫的邓肯随意摆布了吗？我们不就可以把这一件重大的谋杀罪案，推在他酒醉的侍卫身上吗？

麦克白　　　愿你所生育的全是男孩子，因为你的无畏的精神，只应该铸造一些刚强的男儿。要是我们在睡在他寝室里的两个人身上涂抹一些血迹，而且就用他们的刀子，人家会不会相信真是他们干下的事？

麦克白夫人　等他的死讯传出以后，我们就假意装出号啕痛哭的样子，这样还有谁敢不相信？

麦克白　我的决心已定，我要用全身的力量，去干这件惊人的举动。去，用最美妙的外表把人们的耳目欺骗；奸诈的心必须罩上虚伪的笑脸。

　　　　　　　　　　　　　　同下

第二幕

ACT II

THE WINE OF LIFE IS DRAWN,
AND THE MERE LEES
IS LEFT THIS VAULT TO
BRAG OF.

生命的美酒已经喝完,
剩下来的只是一些无味的渣滓。

第 一 场

殷佛纳斯。堡中庭院

仆人执火炬引班柯及弗里恩斯
上

班柯	孩子,夜已经过了几更了?

弗里恩斯　月亮已经下去,我还没有听见打钟。

班柯	月亮是在十二点钟下去的。

弗里恩斯　我想不止十二点钟了,父亲。

班柯　等一下,把我的剑拿着。天上也讲究节俭,把灯烛一起熄灭了。把那个也拿着。催人入睡的疲倦,像沉重的铅块一样压在我的身上,可是我却一点也不想睡。慈悲的神明!抑制那些罪恶的思想,不要让它们潜入我的睡梦之中。

麦克白上,一仆人执火炬随上

班柯　　把我的剑给我。——那边是谁?

麦克白　　一个朋友。

班柯　　什么,爵爷!还没有安息吗?王上已经睡了;他今天非常高兴,赏了你家仆人许多东西。这一颗金刚钻是他送给尊夫人的,他称她为最殷勤的主妇。无限的愉快笼罩着他的全身。

麦克白　　我们因为事先没有准备,恐怕有许多招待不周的地方。

班柯　　好说好说。昨天晚上我梦见那三个女巫,她们对您所讲的话倒有几分应验。

麦克白　　我没有想到她们,可是等我们有了工夫,不妨谈谈那件事,要是您愿意的话。

班柯　　悉如尊命。

麦克白	您听从了我的话，包您有一笔富贵到手。
班柯	为了觊觎富贵而丧失荣誉的事，我是不干的；要是您有什么见教，只要不毁坏我的清白的忠诚，我都愿意接受。
麦克白	那么慢慢再说，请安息吧。
班柯	谢谢；您也可以安息啦。

班柯、弗里恩斯同下

麦克白　去对太太说要是我的酒预备好了，请她打一下钟。你去睡吧。

仆人下

在我面前摇晃着、它的柄对着我的手的，不是一把刀子吗？来，让我抓住你。我抓不到你，可是仍旧看见你。不祥的幻象，你只是一件可视不可触的东西吗？或者你不过是一把想象中的刀子，从狂热的脑筋里发出来虚妄的意匠？我仍旧看见你，你的形状正像我现在拔出的这一把刀子一样明显。你指示着我所要去的方向，告诉我应当用什么利器。我的眼睛倘不是上了当,受其他知觉的嘲弄,就是兼领了一切感官的机能。我仍旧看见你,你的刃上和柄上还流着一滴一滴刚才所没有的血。没有这样的事,杀人的恶念使我看见这种异象。现在,半个世界上的一切生命仿佛已经死去,罪恶的梦景扰乱着平和的睡眠,作法的女巫在向惨白的赫卡忒④献祭;形容枯槁的杀人犯,听到了替他巡哨、报更的豺狼的嗥声,仿佛淫乱的塔昆蹑着脚步像一个鬼似的向他的目的地走去。坚固结实的大地啊,不要听见我的脚步声音是向什么地方去的,我怕路上的砖石会泄露了我的行踪,把黑夜中一派阴森可怕的气氛破坏了。我正在这儿威胁他的生命,他却在那儿活得好好的;在紧张的行动中间,言语不过是一口冷气。[钟声]我去,就这么干;钟声在招引我。不要听它,邓肯,这是召唤你上天堂或者下地狱的丧钟。

下

第 二 场

同前

麦克白夫人上

麦克白夫人 酒把他们醉倒了,却提起了我的勇气;浇熄了他们的馋焰,却燃起了我心头的烈火。听!不要响!这是夜枭在啼声,它正在鸣着丧钟,向人们道凄厉的晚安。他在那儿动手了。门都开着,那两个醉饱的侍卫用鼾声代替他们的守望;我曾经在他们的乳酒里放了麻药,瞧他们熟睡的样子,简直分别不出他们是活人还是死人。

麦克白　　　　[在内]那边是谁？喂！

麦克白夫人　　哎哟！我怕他们已经醒过来了，这件事情却还没有办好；不是罪行本身，而是我们的图谋毁了我们。听！我把他们的刀子都放好了；他不会找不到的。要不是我看他睡着的样子活像我的父亲，我早就自己动手了。我的丈夫！

麦克白上

麦克白　　　　我已经把事情办好了。你没有听见声音吗？

麦克白夫人　　我听见枭啼和蟋蟀的鸣声。你没有讲过话吗？

麦克白　　　　什么时候？

麦克白夫人　　刚才。

麦克白　　　　我下来的时候吗？

麦克白夫人　　嗯。

麦克白　　　　听！谁睡在隔壁的房间里？

麦克白夫人　　道纳本。

麦克白　　　　［视手］好惨！

麦克白夫人　　别发傻，惨什么。

麦克白　　　　一个人在睡梦里大笑，还有一个人喊"杀人啦！"他们把彼此惊醒了；我站定听他们；可是他们念完祷告，又睡着了。

麦克白夫人　　是有两个睡在那一间。

麦克白　　　　一个喊，"上帝保佑我们！"一个喊，"阿门！"好像他们看见我高举这一双杀人的血手似的。听着他们惊慌的口气，当他们说过"上帝保佑我们"以后，我想要说"阿门"，却怎么也说不出来。

麦克白夫人　　不要把它放在心上。

麦克白　　　　可是我为什么说不出"阿门"两个字来呢？我才是最需要上帝垂恩的，可是"阿门"两个字却哽在我的喉头。

麦克白夫人　　我们干这种事，不能尽往这方面想下去；这样想着是会使我们发疯的。

麦克白　　　　我仿佛听见一个声音喊着："不要再睡

了!麦克白已经杀害了睡眠。"那清白的睡眠,把忧虑的乱丝编织起来的睡眠,那日常的死亡,疲劳者的沐浴,受伤的心灵的油膏,大自然的最丰盛的菜肴,生命的盛宴上主要的营养——

麦克白夫人　你这种话是什么意思?

麦克白　那声音继续向全屋子喊着:"不要再睡了!葛莱密斯已经杀害了睡眠,所以考特将再也得不到睡眠,麦克白将再也得不到睡眠!"

麦克白夫人　谁喊着这样的话?唉,我的爵爷,您这样胡思乱想,是会妨害您的健康的。去拿些水来,把您手上的血迹洗净。为什么您把这两把刀子带了来?它们应该放在那边。把它们拿回去,涂一些血在那两个熟睡的侍卫身上。

麦克白　我不高兴再去了;我不敢回想刚才所干的事,更没有胆量再去看它一眼。

麦克白夫人　意志动摇的人!把刀子给我。睡着的人和死了的人不过和画像一样，只有小儿的眼睛才会害怕画中的魔鬼。要是他还流着血，我就把它涂在那两个侍卫的脸上，因为我们必须让人家瞧着是他们的罪恶。

下［内敲门声］

麦克白　　那敲门的声音是从什么地方来的？究竟是怎么一回事，一点点的声音都会吓得我心惊肉跳？这是什么手！嘿！它们要挖出我的眼睛。大洋里所有的水，能够洗净我手上的血迹吗？不，恐怕我这一手的血，倒要把一碧无垠的海水染成一片殷红呢。

麦克白夫人重上

麦克白夫人　　我的两手也跟你的同样颜色了，可是我的心却羞于像你那样变成惨白。［内敲门声］我听见有人打着南面的门，让我们回到自己房间里去，一点点的水就可以替我们泯除痕迹，不是很容易的事吗？你的魄力不知道到哪儿去了。[内敲门声]听！又在那儿打门了。披上你的睡衣，也许人家会来找我们，不要让他们看见我们还没有睡觉。别这样傻头傻脑地呆想了。

麦克白　要想到我所干的事，最好还是忘掉我自己。[内敲门声]用你敲门的声音把邓肯惊醒了吧！我希望你能够惊醒他！

同下

第 三 场

同前

[内敲门声] —门房上

门房　门敲得这样厉害！要是一个人在地狱里做了看门人，就是拔闩开锁也足够他办的了。[内敲门声] 敲，敲！凭着魔鬼的名义，谁在那儿？一定是个囤积粮食的富农，眼看碰上了丰收的年头，就此上了吊。赶快进来吧，多预备几方手帕，这儿是火坑，包你淌一身臭汗。[内敲门声] 敲，敲！凭着还有一个魔鬼的名字,是谁在那儿?哼,一定是什么讲起话来暧昧含糊的家伙,他会同时站在两方面,一会儿帮着这个骂那个,一会儿帮着那个骂这个;他曾经为了上帝的缘故,干过不少亏心事,可是他那条暧昧含糊的舌头却不能把他送上天堂去。啊!进来吧,暧昧含糊的家伙。[内敲门声]敲,敲,敲!谁在那儿?哼,一定是什么英国的裁缝,他生前给人做条法国裤还要偷材料,所以到了这里来。进来吧,裁缝;你可以在这儿烧你的烙铁。[内敲门声]敲,敲;敲个不停!你是什么人?可是这儿太冷,当不成地狱呢。我再也不想做这鬼看门人了。我倒很想放进几个各色各样的人来,让他们经过酒池肉林,一直到刀山火焰上去。[内敲门声]来了,来了!请你记着我这看门的人。[开门]

麦克德夫及列诺克斯上

麦克德夫 朋友,你是不是睡得太晚了,所以睡到现在还爬不起来?

门房 不瞒您说,大人,我们昨天晚上喝酒,一直闹到第二遍鸡啼哩;喝酒这一件事,大人,最容易引起三件事情。

麦克德夫 是哪三件事情?

门房 呃,大人,酒糟鼻、睡觉和撒尿。淫欲呢,它挑起来也压下去;它挑起你的春情,可又不让你真的干起来。所以多喝酒,对于淫欲也可以说是个两面派:成全它,又破坏它;捧它的场,又拖它的后腿;鼓励它,又打击它;替它撑腰,又让它站不住脚;结果呢,两面派把它哄睡了,叫它做了一场荒唐的春梦,就溜之大吉了。

麦克德夫 我看昨晚上杯子里的东西就叫你做了一场春梦吧。

门房 可不是,大爷,让我从来也没这么荒唐

	过。可我也不是好惹的,依我看,我比它强,虽然不免给它揪住大腿,可我终究把它摔倒了。
麦克德夫	你的主人起来了没有?

麦克白上

麦克德夫	我们打门把他吵醒了,他来了。
列诺克斯	早安,爵爷。
麦克白	两位早安。
麦克德夫	爵爷,王上起来了没有?
麦克白	还没有。
麦克德夫	他叫我一早就来叫他,我几乎误了时间。
麦克白	我带您去看他。
麦克德夫	我知道这是您乐意干的事,可是有劳您啦。
麦克白	我们喜欢的工作,可以使我们忘记劳苦。这门里就是。
麦克德夫	那么我就冒昧进去了,因为我奉有王上的命令。

下

列诺克斯	王上今天就要走吗?

麦克白	是的,他已经这样决定了。
列诺克斯	昨天晚上刮着很厉害的暴风,我们住的地方,烟囱都给吹了下来;他们还说空中有哀哭的声音,有人听见奇怪的死亡惨叫,还有人听见一个可怕的声音,预言着将要有一场绝大的纷争和混乱,降临在这不幸的时代。黑暗中出现的凶鸟整整吵了一个漫漫的长夜;有人说大地都发热而战抖起来了。
麦克白	果然是一个可怕的晚上。
列诺克斯	我年轻的经验里唤不起一个同样的回忆。

麦克德夫重上

麦克德夫	啊,可怕!可怕!可怕!不可言喻、不可想象的恐怖!
麦克白 列诺克斯	什么事?
麦克德夫	混乱已经完成了他的杰作!大逆不道的凶手打开了王上的圣殿,把他的生命偷了去了!

麦克白	你说什么？生命？
列诺克斯	你是说陛下吗？
麦克德夫	到他的寝室里去，让一幕惊人的惨剧眩昏你们的视觉吧。不要向我追问，你们自己去看了再说。

麦克白、列诺克斯同下

醒来！醒来！敲起警钟来。杀了人啦！有人在谋反啦！班柯！道纳本！马尔康！醒来！不要贪恋温柔的睡眠，那只是死亡的表象，瞧一瞧死亡的本身吧！起来，起来，瞧瞧世界末日的影子！马尔康！班柯！像鬼魂从坟墓里起来一般，过来瞧瞧这一幕恐怖的景象吧！把钟敲起来！［钟鸣］

麦克白夫人上

| 麦克白夫人 | 为什么要吹起这样凄厉的号角，把全屋睡着的人唤醒？说，说！ |
| 麦克德夫 | 啊，好夫人！我不能让您听见我嘴里的消息，它一进到妇女的耳朵里，是比利 |

剑还要难受的。

班柯上

麦克德夫 啊，班柯！班柯！我们的主上给人谋杀了！

麦克白夫人 哎哟！什么！在我们的屋子里吗？

班柯 无论在什么地方，都是太惨了。好德夫，请你收回你刚才说过的话，告诉我们没有这么一回事。

麦克白及列诺克斯重上

麦克白 要是我在这件变故发生以前一小时死去，我就可以说是活过了一段幸福的时间；因为从这一刻起，人生已经失去它严肃的意义，一切都不过是儿戏；声名和美德已经死了，生命的美酒已经喝完，剩下来的只是一些无味的渣滓，当作酒窖里的珍宝。

马尔康及道纳本上

道纳本 出了什么乱子了？

麦克白 你们还不知道你们重大的损失；你们血

液的源泉已经切断了,你们生命的根本已经切断了。

麦克德夫 你们的父王给人谋杀了。

马尔康 啊!给谁谋杀的?

列诺克斯 瞧上去是睡在他房间里的那两个家伙干的事;他们的手上脸上都是血迹;我们从他们枕头底下搜出了两把刀,刀上的血迹也没有揩掉;他们的神色惊惶万分;谁也不能把他自己的生命信托给这种家伙。

麦克白 啊!可是我后悔一时鲁莽,把他们杀了。

麦克德夫 你为什么杀了他们?

麦克白 谁能够在惊愕之中保持冷静,在盛怒之中保持镇定,在激于忠愤的时候保持他不偏不倚的精神?世上没有这样的人吧。我的理智来不及控制我激愤的忠诚。这儿躺着邓肯,他白银的皮肤上镶着一缕缕黄金般的宝血,他的创巨痛深的伤痕张开了裂口,像是一道道毁灭的门户；那边站着这两个凶手，身上浸润着他们罪恶的颜色，他们的刀上凝结着刺目的血块；只要是一个尚有几分忠心的人，谁不要怒火中烧，替他的主子报仇雪恨？

麦克白夫人　啊，快来扶我进去！

麦克德夫　快来照料夫人。

马尔康　[向道纳本旁白]这是跟我们切身相关的事情，为什么我们一言不发？

道纳本　[向马尔康旁白]我们身陷危境，不可测的命运随时都会吞噬我们，还有什么话好说呢？去吧，我们的眼泪现在还只在心头酝酿呢。

马尔康　[向道纳本旁白]我们沉重的悲哀也还没有付诸行动呢。

班柯　照料这位夫人。

侍从扶麦克白夫人下

我们这样袒露着身子，不免要受凉，大家且去披了衣服，回头再举行一次会议，详细彻查这一件最残酷的血案的真相。恐惧和疑虑使我们惊慌失措；站在上帝的伟大指导之下，我一定要从尚未揭发的假面具下，探出叛逆的阴谋，和它作殊死的搏斗。

麦克德夫 我也愿意作同样的宣告。

众人 我们也都抱着同样的决心。

麦克白 让我们赶快穿上战士的衣服，大家到厅堂里商议去。

众人 很好。

除马尔康、道纳本外均下

马尔康 你预备怎么办？我们不要跟他们在一起。假装出一副悲哀的面孔，是每一个奸人的拿手好戏。我要到英格兰去。

道纳本 我到爱尔兰去。我们两人各奔前程，对于彼此都是比较安全的办法。我们现在所在的地方，人们的笑脸里都暗藏着利刃；越是跟我们血统相近的人，越是想喝我们的血。

马尔康 杀人的利箭已经射出,可是还没有落下,避过它的目标是我们唯一的活路。所以赶快上马吧;让我们不要讲究告别的礼教,趁着有空就溜出去;明知没有网开一面的希望,就该及早逃避贼人的罗网。

同下

第 四 场

同前。城堡外

洛斯及一老翁上

老翁 我已经活了七十个年头,惊心动魄的日子也经过得不少,稀奇古怪的事情也看到过不少,可是像这样可怕的夜晚,却还是第一次遇见。

洛斯 啊!好老人家,你看上天好像恼怒人类的行为,在向这流血的舞台发出恐吓。照钟点,现在应该是白天了,可是黑夜的魔手却把那盏在天空中运行的明灯遮蔽得不露一丝光亮。难道黑夜已经统治一切，还是因为白昼不屑露面，所以在这应该有阳光遍吻大地的时候，地面上却被无边的黑暗所笼罩？

老翁　这种现象完全是反常的，正像那件惊人的血案一样。在上星期二那天，有一头雄踞在高岩上的猛鹰，被一只吃田鼠的鸱鸮飞来啄死了。

洛斯　还有一件非常怪异可是十分确切的事情，邓肯有几匹躯干俊美、举步如飞的骏马，的确是不可多得的良种，忽然野性大发，撞破了马棚，冲了出来，倔强得不受羁勒，好像要向人类挑战似的。

老翁　据说它们还彼此相食。

洛斯　是的，我亲眼看见这种事情，简直不敢相信自己的眼睛。麦克德夫来了。

麦克德夫上

洛斯　情况现在变得怎么样啦？

麦克德夫　啊，您没有看见吗？

洛斯	谁干的这件残酷得超乎寻常的罪行,已经知道了吗?
麦克德夫	就是那两个给麦克白杀死了的家伙。
洛斯	唉!这是怎样的一天。他们干了这样的事情,能有什么好企图呢?
麦克德夫	他们是受人的指使。马尔康和道纳本,王上的两个儿子,已经偷偷地逃走了,这让他们也蒙上了嫌疑。
洛斯	那更加违反人情了!反噬自己的命根,这样的野心会有什么好结果呢?看来大概率王位要让麦克白登上去了。
麦克德夫	他已经受到推举,现在到斯贡即位去了。
洛斯	邓肯的尸体在什么地方?
麦克德夫	已经抬到戈姆基尔,他的祖先的陵墓上。
洛斯	您也要到斯贡去吗?
麦克德夫	不,大哥,我还是到费辅去。
洛斯	好,我要到那里去看看。
麦克德夫	好,但愿您看见那里的一切都是好好的,再会!怕只怕我们的新衣服不及旧衣

服舒服哩!

洛斯　再见,老人家。

老翁　上帝祝福您,也祝福那些把恶事化成善事、把仇敌化为朋友的人!

各下

第三幕

ACT III

I AM IN BLOOD
STEPPED IN SO FAR, THAT,
SHOULD I WADE NO MORE,
RETURNING WERE AS TEDIOUS
AS GO O'ER.

我已经两足深陷于血泊之中,
要是不再涉血前进,
那么回头的路也是同样使人厌倦的。

第 一 场

福累斯。宫中一室

班柯上

班柯 你现在已经如愿以偿了:国王、考特爵士、葛莱密斯爵士,一切符合女巫们的预言;但我担心你为了实现这个目的用尽了最卑鄙的手段;可是据说你的王位不能传及子孙,我自己却要成为许多君王的始祖。如果她们的话里有真理(因为她们的话在你身上应验了),那么,凭借她们在你身上兑现的预言，难道不也会成为对我的神谕，使我对未来产生希望吗？可是闭口！不要多说了。

[喇叭奏花腔] 麦克白王冠王服；麦克白夫人后冠后服；列诺克斯、洛斯、贵族、贵妇、侍从等上

麦克白 这儿是我们主要的上宾。

麦克白夫人 要是忘记了请他，那将成为我们盛宴上巨大的遗憾，一切都要显得寒碜了。

麦克白 将军，我们今天晚上要举行一次隆重的宴会，请你千万出席。

班柯 谨遵陛下命令，我的忠诚永远接受陛下的使唤。

麦克白 今天下午你要骑马去吗？

班柯 是的，陛下。

麦克白 否则我很想请你参加我们今天的会议，给我们贡献一些良好的意见（你的建议总是既严肃又有益），但我们明天再

谈吧。你骑马要去的地方远吗？

班柯　　陛下，我想尽量把从现在起到晚餐为止的这一段时间在马背上消磨过去；要是我的马不跑得快一些，也许要到天黑以后的一两小时才能回来。

麦克白　不要误了我们的宴会。

班柯　　陛下，我一定不失约。

麦克白　我听说我那两个凶恶的王侄已经分别到了英格兰和爱尔兰，他们不承认他们残酷的弑父重罪，却到处向人传播离奇荒谬的谣言；可是我们明天再谈吧，有许多重要的国事要等候我们两人共同处理呢。请上马吧；等你晚上回来的时候再会。弗里恩斯也跟着你去吗？

班柯　　是，陛下；时间已经不早，我们就要去了。

麦克白　愿你快马飞驰，一路平安。再见。

　　　　　　　　　　　　　　　　班柯下

大家请便，各人去干各人的事，到晚上

七点钟再聚首吧。为要更能领略到嘉宾满堂的快乐起见,我在晚餐以前,预备一个人独自静息静息;愿上帝和你们同在!

除麦克白及侍从一人外均下

喂,问你一句话。那两个人是不是在外面等候着我的旨意?

侍从　是,陛下,他们就在宫门外面。
麦克白　带他们进来见我。

侍从下

单单做到了这一步还不算什么,总要把现状确定巩固起来才好。我对于班柯怀着深切的恐惧,他高贵的天性中有一种使我生畏的东西;他是个敢作敢为的人,在他无畏的精神上,又加上深沉的智虑,指导他勇于在确有把握的时机行动。除了他以外,我什么人都不怕,只有他的存在会使我惴惴不安;我的星宿给他罩住了,就像恺撒罩住了安东尼的星宿。当那些女巫最初称我为王的时候，他呵斥她们，叫她们对他也说说预言；她们就像先知似的说他的子孙将相继为王，她们把一顶没有后嗣的王冠戴在我的头上，把一根没有人继承的御杖放在我的手里，然后再从我的手里夺去，使我自己的子孙都得不到继承。要是果然是这样，那么我玷污了我的手，只是成全了班柯的后裔；我为了他们暗杀了仁慈的邓肯；为了他们良心上负着重大的罪疚和不安；我把我永生的灵魂送给了人类的公敌，只是为了使他们可以登上王座，使班柯的后嗣登上王座！不，我不能忍受这样的事，宁愿接受命运的挑战！是谁？

侍从率二刺客重上

麦克白　你现在到门口去，等我叫你再进来。

侍从下

我们不是在昨天谈过话吗？

刺客甲 回陛下的话,正是。

麦克白 那么好,你们有没有考虑过我的话?你们要知道从前都是他的缘故,使你们屈身微贱,而你们却错怪到我的身上。在上一次我们谈话的中间,我已经把这一点向你们说明白了,我用确凿的证据,指出你们怎样被人操纵愚弄、怎样受人牵制压抑、人家对你们是用怎样的手段、这种手段的主谋是谁以及其他种种,所有这些都可以使一个半痴的、疯癫的人恍然大悟地说:"这些都是班柯干的事。"

刺客甲 我们已经蒙陛下开示过了。

麦克白 是的,而且我还要更进一步,这就是我们今天第二次谈话的目的。你们难道有那样的好耐性,能够忍受这样的屈辱吗?他的铁手已经快要把你们压下坟墓里去,使你们的子孙永远做乞丐,难道你们就这样虔敬,还要替这个好人和他的子孙祈祷吗?

刺客甲 陛下,我们也是人。

麦克白 嗯,按着分类,你们是人,正像家狗、野狗、猎狗、巴儿狗、狮子狗、杂种狗、癞皮狗,统称为狗一样;它们有的跑得快,有的跑得慢,有的狡猾,有的可以看门,有的可以打猎,各自按照造物主赋予它们的本能而分别价值的高下,在笼统的总称底下得到特殊的名号;人也是一样。要是你们在人的行列之中,并不属于最卑劣的一级,那么说吧,我就可以把一件事情托付你们,你们照我的话干了以后,不但可以除去你们的仇人,还可以永远受我的眷宠;他一天活在世上,我的心病一天不能痊愈。

刺客乙 陛下,我久受世间无情的打击和虐待,为了向这世界发泄我的怨恨,我什么事都愿意干。

刺客甲 我也一样,一次次的灾祸逆运,使我厌倦于人世，我愿意拿我的生命去赌博，或者从此交上好运，或者了结我的一生。

麦克白　你们两人都知道班柯是你们的仇人。

刺客乙　是的，陛下。

麦克白　他也是我的仇人；而且他是我的肘腋之患，他的存在每一分钟都深深威胁着我的生命安全；虽然我可以老实不客气地运用我的权力，把他从我的眼前铲去，而且只要说一声"这是我的意旨"就可以交代过去。可是我却还不能就这么干，因为他有几个朋友同时也是我的朋友，我不能招致他们的反感，即使我亲手把他打倒，也必须假意为他的死亡悲泣；所以出于许多重要的理由，我只好借重你们两人的助力，把这件事情遮过一般人的眼睛。

刺客乙　陛下，我们一定照您的命令做。

刺客甲　即使我们的生命——

麦克白 你们的勇气已经充分透露在你们的神情之间。最迟在这一小时之内,我就可以告诉你们在什么地方埋伏,等看准机会,再通知你们在什么时间动手;因为这件事情一定要在今晚干好,而且要离开王宫远一些,你们必须记住不能把我牵涉在内;同时为了避免留下枝节,你们还要把跟在他身边的他的儿子弗里恩斯也一起杀了,他们父子二人的死,对我来说是同样重要的,必须让他们同时接受黑暗的命运。你们先下去决定一下,我随后就来看你们。

刺客乙 我们已经决定了,陛下。

麦克白 我立刻就会来看你们,你们进去等一会儿。

二刺客下

班柯,你的命运已定,你的灵魂要是找得到天堂的话,今天晚上你就会找到了。

下

第 二 场

同前。宫中另一室

麦克白夫人及一仆人上

麦克白夫人　班柯已经离开宫廷了吗?

仆人　是,娘娘,可是他今天晚上就要回来的。

麦克白夫人　你去对王上说,我要请他允许我跟他说几句话。

仆人　是,娘娘。

　　　　　　　　　　　　　　　　　下

麦克白夫人　费尽了一切,结果还是一无所得,我们的目的虽已达到,却一点也不感觉满

　　　　　　　足。与其用毁灭他人的手段，使自己置身在充满着疑虑的欢娱里，那么还不如那被我们所害的人，倒落得无忧无虑。

麦克白上

麦克白夫人　啊！我的主！您为什么一个人孤零零的，让最悲哀的幻想做您的伴侣，把您的念念不忘集中在一个已死的人身上？无法挽回的事，只好听其自然；事情干了就算了。

麦克白　我们不过是刺伤了蛇身，却没有把它杀死，它的伤口会慢慢痊愈，再用它原来的毒牙向我们的暴行复仇。可是让一切秩序完全解体，让活人、死人都去受罪吧，为什么我们要在忧虑中进餐，在每夜使我们惊恐的噩梦的谑弄中睡眠呢？我们为了希求自身的平安，把别人送下坟墓，去享受永久的平安，可是我们的心灵却把我们折磨得没有一刻平静的安息，使我们觉得还是跟已死

	之人在一起，倒要幸福得多了。邓肯现在睡在他的坟墓里；经过了一场人生的热病，他现在睡得好好的，叛逆已经对他施过最狠毒的伤害，再没有刀剑、毒药、内乱、外患，可以加害于他了。
麦克白夫人	算了算了，我的好丈夫，把您烦恼的面孔收起；今天晚上您必须和颜悦色地招待您的客人。
麦克白	正是，亲人；你也要这样。尤其请你对班柯曲意殷勤，用你的眼睛和舌头给他特殊的荣宠。我们现在的地位还没有巩固，我们必须在阿谀逢迎的人流中浸染周旋，保持我们的威严，用我们的外貌遮掩着我们的内心，不要被人家窥破。
麦克白夫人	您不要多想这些了。
麦克白	啊！我的头脑里爬满了蝎子，亲爱的妻子；你知道班柯和他的弗里恩斯尚在人间。

麦克白夫人　可是他们并不是长生不死的。

麦克白　那还可以给我几分安慰,他们是可以伤害的;所以你快乐起来吧。在蝙蝠完成它黑暗中的飞翔以前,在振翅而飞的甲虫应答着赫卡忒的呼召,用嗡嗡的声音摇响催眠的晚钟以前,有一件可怕的事情将要完结。

麦克白夫人　是什么事情?

麦克白　你暂时不必知道,最亲爱的宝贝,等事成以后,你再鼓掌称快吧。来,令人盲目的黑夜,遮住可怜的白昼的温柔眼睛,用你无形的毒手,毁除那使我畏惧的重大绊脚石吧!天色在朦胧起来,乌鸦都飞回到昏暗的林中;一天的好事开始沉沉睡去,黑夜的罪恶使者却在准备攫捕他们的猎物。我的话使你惊奇;可是不要说话;以不义开始的事情,必须用罪恶将它巩固。跟我来。

　　　　　　　　　　　　　　　　　　同下

第 三 场

同前。苑囿,有一路通王宫

三刺客上

刺客甲 可是谁叫你来帮我们的?

刺客丙 麦克白。

刺客乙 我们不必对他怀疑,他已经把我们的任务和动手的方法都指示给我们了,跟我们得到的命令相符。

刺客甲 那么就跟我们站在一起吧。西方还闪耀着一线白昼的余晖;晚归的行客现在快马加鞭,要来找寻宿处了;我们守候

	的目标已经在那儿向我们走近。
刺客丙	听！我听见马蹄声。
班柯	[在内] 喂，给我们一个火把！
刺客乙	一定是他；别的客人们都已经到了宫里了。
刺客甲	他的马在兜圈子。
刺客丙	差不多有一英里路；可他通常（像所有人那样）会步行从这里一路走到宫殿门口去。
刺客乙	火把，火把！
刺客丙	是他。
刺客甲	准备好。

班柯及弗里恩斯持火炬上

班柯	今晚恐怕要下雨。
刺客甲	让它下吧。[刺客等向班柯攻击]
班柯	啊，阴谋！快逃，好弗里恩斯，逃，逃，逃！你也许可以替我报仇。啊奴才！

死。弗里恩斯逃去

刺客丙	谁把火灭了？

刺客甲　不应该灭火吗?

刺客丙　只有一个人倒下;那儿子逃去了。

刺客乙　我们工作中最重要的那一半失败了。

刺客甲　好吧,我们回去报告我们工作的结果吧。

同下

第 四 场

同前。宫中大厅

[厅中陈设宴席]麦克白、麦克白夫人、洛斯、列诺克斯、群臣及侍从等上

麦克白　大家按着各自的品级坐下来;总而言之一句话,我竭诚欢迎你们。

群臣　谢谢陛下的恩典。

麦克白　我将要跟你们在一起,做一个谦恭的主人,我们的主妇现在还坐在宝座上,可是我就要请她对你们殷勤招待。

麦克白夫人　　陛下，请您替我向所有的朋友表示我由衷的欢迎吧。

刺客甲上，至门口

麦克白　　瞧，他们用诚挚的感谢答复你了；双方已经各得其平。我将要在这中间坐下来。大家不要拘束，乐一个畅快；等会儿我们就要合席痛饮一巡。[至门口]你的脸上有血。

刺客甲　　那么它是班柯的。

麦克白　　在你脸上总好过在他身体里。你们已经把他结果了吗？

刺客甲　　陛下，他的咽喉已经割破了；这是我干的事。

麦克白　　你是一个最有本领的杀手；可是谁杀死了弗里恩斯，也一样值得夸奖；要是你也把他杀了，那你就是无与伦比的好汉。

刺客甲　　陛下，弗里恩斯逃走了。

麦克白　　我的心病本来可以痊愈，现在它又要发作了；我本来可以像大理石一样完整，像岩石一样坚固，像空气一样广大自由，现在我却被恼人的疑惑和恐惧所包围拘束。可是班柯已经死了吗？

刺客甲　　是，陛下；他安安稳稳地躺在一条泥沟里，他的头上刻着二十道伤痕，最轻的一道也可以致他死命。

麦克白　　谢天谢地。大蛇躺在那里；那逃走了的小虫，将来会用它的毒液害人，可是现在它的牙齿还没有长成。走吧，明天再来听候我的旨意。

刺客甲下

麦克白夫人　　陛下，您还没有劝过客；宴会上倘没有主人的殷勤招待，那就不是在请酒，而是在卖酒；这倒不如待在自己家里吃饭来得舒适呢。既然出来做客，在席面上最让人开胃的就是主人的礼节，缺少了它，那就会使合席失去了兴致的。

麦克白　　亲爱的，不是你提起，我几乎忘了！来，请放量醉饱吧，愿各位胃纳健旺，身强力壮!

列诺克斯 陛下请安坐。

班柯鬼魂上,坐在麦克白座上

麦克白 要是班柯在座,那么全国的英俊,真可以说是会集于一堂了;我宁愿因为他的疏怠而嗔怪他,不愿因为他遭到什么意外而为他惋惜。

洛斯 陛下,他今天失约不来,是他自己的过失。请陛下上坐,让我们叨陪末席。

麦克白 席上已经坐满了。

列诺克斯 陛下,这儿是给您留着的一个位置。

麦克白 什么地方?

列诺克斯 这儿,陛下。什么事情使陛下这样变色?

麦克白 你们哪一个人干了这件事?

群臣 什么事,陛下?

麦克白 你不能说这是我干的事;别这样对我摇着你那染着血的头发。

洛斯 各位大人,起来;陛下病了。

麦克白夫人 坐下,尊贵的朋友们,王上常常这样,他从小就有这种毛病。请各位安坐吧；他的癫狂不过是暂时的，一会儿就会好起来。要是你们太注意他，他也许会动怒，发起狂来更加厉害；尽管自己吃喝，不要理他吧。你还是一个男子吗？

麦克白　　哦，我是一个堂堂男子，能使魔鬼胆裂的东西，我也敢正眼瞧着它。

麦克白夫人　啊，这倒说得不错！这不过是你的恐惧所描绘出来的一幅图画；正像你所说的那柄引导你去行刺邓肯的空中匕首一样。啊！要是在冬天的火炉旁，听一个妇女讲述她的老祖母告诉她的故事时，这种情绪的冲动、恐惧的伪装，倒是非常合适的。不害羞吗？你为什么扮这样的怪脸？说到底，你瞧着的不过是一把凳子罢了。

麦克白　　你瞧那边！瞧！瞧！瞧！你怎么说？哼，我什么都不在乎。要是你会点头，你也

　　　　　　应该会说话。要是殡舍和坟墓必须把我们埋葬了的人送回世上,那么鸢鸟的胃囊就将要变成我们的坟墓了。[鬼魂隐去]

麦克白夫人　什么!你发了疯,把你的男子气都失掉了吗?

　　麦克白　要是我现在站在这儿,那么刚才我明明有瞧见他。

麦克白夫人　啐!不害羞吗?

　　麦克白　在人类不曾制定法律保障公众福利以前的古代,杀人流血是不足为奇的事;即使在有了法律以后,惨不忍闻的谋杀事件,也随时发生。从前的时候,一刀下去,当场毙命,事情就这样完结了;可是现在他们却会从坟墓中起来,他们的头上顶着二十件谋杀的重罪,把我们推下座位。这种事情是比这样一件谋杀案更奇怪的。

麦克白夫人　陛下,您尊贵的朋友们都因为您不去陪他们而十分扫兴哩。

麦克白　我忘了。不要对我惊诧，我最尊贵的朋友们；我有一种怪病，认识我的人都知道那是不足为奇的。来，让我们用这一杯酒表达我们的同心永好，祝各位健康！你们干了这一杯，我就坐下。给我拿些酒来，倒得满满的。我为今天在座众人的快乐，也为我们亲爱的缺席的朋友班柯尽此一杯；要是他也在这儿就好了！来，为大家、为他，请干杯，请各位为大家的健康干一杯。

群臣　敢不从命。

班柯鬼魂重上。

麦克白　去！离开我的眼前！让土地把你藏匿了！你的骨髓已经枯竭，你的血液已经凝冷；你那向人瞪着的眼睛也已经失去了光彩。

麦克白夫人　各位大人，这不过是他的旧病复发，没有什么别的缘故；害各位扫兴，真是很抱歉。

麦克白 别人敢做的事,我都敢:无论你用什么形貌出现,像粗暴的俄罗斯大熊也好,像披甲的犀牛、舞爪的猛虎也好,只要不是你现在的样子,我的坚定的神经决不会起半分战栗;或者你现在死而复活,用你的剑向我挑战,要是我会惊惶胆怯,那么你就可以宣称我是一个少女怀抱中的婴孩。去,可怕的影子!虚妄的揶揄,去![鬼魂隐去]嘿,他一去,我的勇气又恢复了。请你们安坐吧。

麦克白夫人 你这样疯疯癫癫的,已经打断了众人的兴致,扰乱了今天的良会。

麦克白 难道碰到这样的事,能像夏天飘过一朵浮云那样不叫人吃惊吗?我吓得面无人色,你们眼看着这样的怪象,你们的脸上却仍然保持着天然的红润,这才怪哩。

斯洛 什么怪象,陛下?

麦克白夫人 请您不要对他说话,他越来越疯了,你们多问了他,他会动怒的。对不起,请各位还是散席了吧;大家不必推先让后,请立刻就去,晚安!

列诺克斯 晚安!愿陛下早复健康!

麦克白夫人 各位晚安!

群臣及侍从等下

麦克白 流血是免不了的;他们说,流血必须引起流血。据说石块曾经自己转动,树木曾经开口说话;鸦鹊的鸣声里曾经泄露过阴谋作乱的人。夜过去了多少了?

麦克白夫人 差不多到了黑夜和白昼的交界,分别不出是昼是夜来。

麦克白 麦克德夫藐视王命,拒不奉召,你看怎么样?

麦克白夫人 你有没有差人去叫过他?

麦克白 我偶然听人这么说,可是我要差人去唤他。他们这一批人家里都有一个被我买通的仆人，替我窥探他们的动静。我明天要趁早去访那三个女巫，听她们还有什么话说；因为我现在非得从最妖邪的恶魔口中知道我最悲惨的命运不可。为了我自己的好处，只好把一切置之不顾。我已经两足深陷于血泊之中，要是不再涉血前进，那么回头的路也是同样使人厌倦的。我想起了一些非常的计谋，必须不等斟酌就迅速实行。

麦克白夫人　一切有生之伦，都少不了睡眠的调剂，可是你还没有好好睡过。

麦克白　来，我们睡去。我的疑鬼疑神、出乖露丑，都是未经磨炼、心怀恐惧的缘故；我们干这事太缺少经验了。

　　　　　　　　　　　　　　　　同下

第 五 场

荒原

[雷鸣]三女巫上,与赫卡忒相遇

女巫甲　　哎哟,赫卡忒!您在发怒哩。

赫卡忒　　我不应该发怒吗,你们这些放肆大胆的丑婆子?你们怎么敢用哑谜和有关生死的秘密和麦克白打交道;我是你们魔法的总管,一切的灾祸都由我主宰支配,你们却不通知我一声,让我也来显一显神通?而且你们所干的事,都只是为了一个刚愎自用、残忍狂暴的人;他像所有的世人一样,只知道自己的利益,不是对你们存着什么好意。可是现在你们必须补赎你们的过失;快去,天明时,在阿契隆⑤的地坑附近会我,他将要到那边来探询他的命运;把你们的符咒、魔蛊和一切应需的东西预备齐整,不得有误。我现在乘风而去,今晚我要用整夜的工夫,布置出一场悲惨的结果;在正午以前,必须完成大事。月亮角上挂着一颗湿淋淋的露珠,我要在它没有堕地以前把它摄取,用魔术提炼以后,就可以凭着它呼灵唤鬼,让种种虚妄的幻影迷乱他的本性;他将要藐视命运,唾斥死生,超越一切的情理,排弃一切的疑虑,执着他不可能的希望;你们都知道自信是人类最大的仇敌。[内歌声,"来吧,来吧……"]听!他们在叫我啦;我的小精灵们,瞧,他们坐在云雾之中,在等着我呢。

下

女巫甲　来,我们赶快;她就要回来了。

同下

第 六 场

福累斯。宫中一室

列诺克斯及另一贵族上

列诺克斯 我以前的那些话只是叫你听了觉得对劲,那些话是还可以进一步解释的;我只觉得事情有些古怪。仁厚的邓肯被麦克白所哀悼;邓肯是已经死去的了。勇敢的班柯不该在深夜走路,您也许可以说——要是您愿意这么说的话,他是被弗里恩斯杀死的,因为弗里恩斯已经逃匿无踪;人总不应该在夜深的时候走路。哪一个人不以为马尔康和道纳本杀死他们仁慈的父亲，是一件多么惊人的巨变？万恶的行为！麦克白为了这件事多么痛心；他不是乘着一时的忠愤，把那两个酗酒贪睡的溺职卫士杀了吗？那件事干得不是很忠勇的吗？嗯，而且也干得很聪明；因为要是人家听见他们抵赖他们的罪状，谁都会怒从心起的。所以我说，他把一切事情处理得很好；我想要是邓肯的两个儿子也给他拘留起来——上天保佑他们不会落在他的手里——他们就会知道向自己的父亲行弑，必须受到怎样的报应；弗里恩斯也是一样。可是这些话别提啦，我听说麦克德夫因为出言不逊，又不出席那暴君的宴会，已经受到贬辱。您能够告诉我他现在在什么地方吗？

贵族　被这暴君篡逐出亡的邓肯世子现在寄

身在英格兰宫廷之中,谦恭的爱德华对他非常优待,一点不因为他处境颠危而减削了礼敬。麦克德夫也到那里去了,他的目的是要请求贤明的英王协力激励诺森伯兰和好战的西华德,使他们出兵相援,凭着上帝的意旨帮助我们恢复失去的自由,使我们仍旧能够享受食桌上的盛馔和酣畅的睡眠,不再畏惧宴会中有沾血的刀剑,让我们能够一方面输诚效忠,一方面安受爵赏而心无疑虑;这一切都是我们现在所渴望而求之不得的。这一个消息已经使我们的王上大为震怒,他正在那儿准备作战了。

列诺克斯　他有没有差人到麦克德夫那儿去?

贵族　他已经差人去过了;得到的回答是很干脆的一句:"老兄,我不去。"那个恼怒的使者转身就走,嘴里好像叽咕着说:"你给我这样的答复,看着吧,你一定会自食其果。"

列诺克斯 那应当叫他留心远避当前的祸害。但愿什么神圣的天使飞到英格兰的宫廷里,预先替他把信息传到那儿;让上天的祝福迅速回到我们这个在毒手压制下备受苦难的国家!

贵族 我愿意为他祈祷。

同下

第四幕

ACT IV

🗡

THE NIGHT IS LONG THAT
NEVER FINDS THE DAY.

黑夜无论怎样悠长,
白昼总会到来的。

第 一 场

山洞。中置沸釜

[雷鸣]三女巫上

女巫甲　斑猫已经叫过三声。

女巫乙　刺猬已经啼了四次。

女巫丙　怪鸟在鸣啸:时候到了,时候到了。

女巫甲　绕釜环行火融融,

　　　　毒肝腐脏置其中。

　　　　蛤蟆蛰眠寒石底,

　　　　三十一日夜相继;

　　　　汗出淋漓化毒浆,

投之鼎釜沸为汤。

众巫　　[合]不惮辛劳不惮烦,

　　　　釜中沸沫已成澜。

女巫乙　沼地蟒蛇取其肉,

　　　　脔以为片煮至熟;

　　　　蝾螈之目青蛙趾,

　　　　蝙蝠之毛犬之齿,

　　　　蝮舌如叉蚯蚓刺,

　　　　蜥蜴之足枭之翅,

　　　　炼为毒蛊鬼神惊,

　　　　扰乱人世无安宁。

众巫　　[合]不惮辛劳不惮烦,

　　　　釜中沸沫已成澜。

女巫丙　豺狼之牙巨龙鳞,

　　　　千年巫尸貌狰狞;

　　　　海底抉出鲨鱼胃,

　　　　夜掘毒芹根块块;

　　　　杀犹太人摘其肝,

　　　　剖山羊胆汁潺潺;

雾黑云深月蚀时，
潜携斤斧劈杉枝；
娼妇弃儿死道间，
断指持来血尚殷；
土耳其鼻鞑靼唇，
烈火糜之煎作羹；
猛虎肝肠和鼎内，
炼就妖丹成一味。

众巫　[合]不惮辛劳不惮烦，
釜中沸沫已成澜。

女巫乙　炭火将残蛊将成，
猩猩滴血蛊方凝。

赫卡忒上

赫卡忒　善哉尔曹功不浅，
颁赏酬劳利泽遍。
于今绕釜且歌吟，
大小妖精成环形，
摄人魂魄荡人心。[音乐，众巫唱幽灵之歌]

女巫乙　拇指怦怦动，

必有恶人来；

既来皆不拒，

洞门敲自开。

麦克白上

麦克白　啊，你们这些神秘的幽冥的夜游妖婆子！你们在干什么？

众巫　[合]一件没有名义的行动。

麦克白　凭着你们的法术，我吩咐你们回答我，不管你们的秘法是从哪里得来的。即使你们放出狂风，让它们向教堂猛击；即使汹涌的波涛会把航海的船只颠覆吞噬；即使谷物的叶片会倒折在田亩上，树木会连根拔起；即使城堡会向它们的守卫者头上倒下；即使宫殿和金字塔都会倾圮；即使大自然所孕育的一切灵奇完全归于毁灭，连"毁灭"都感到厌倦了，我也要你们回答我的问题。

女巫甲　说。

女巫乙　　你问吧。

女巫丙　　我们可以回答你。

女巫甲　　你愿意从我们嘴里听到答复呢,还是愿意让我们的主人们回答你?

麦克白　　叫他们出来,让我见见他们。

女巫甲　　母猪九子食其豚,

　　　　　血浇火上焰生腥;

　　　　　杀人恶犯上刑场,

　　　　　汗脂投火发凶光。

众巫　　　[合]鬼王鬼卒火中来,

　　　　　现形作法莫惊猜。

[雷鸣]第一幽灵出现,为一戴盔之头

麦克白　　告诉我,你这不知名的力量——

女巫甲　　他知道你的心事;听他说,你不用开口。

第一幽灵　麦克白!麦克白!麦克白!留心麦克德夫;留心费辅爵士。放我回去。够了。

　　　　　　　　　　　　　　　　隐入地下

麦克白　　不管你是什么精灵,我感谢你的忠言警告；你已经一语道破了我的忧虑。可是再告诉我一句话——

女巫甲　他是不受命令的。这儿又来了一个，比第一个法力更大。

[雷鸣] 第二幽灵出现，为一流血之小儿

第二幽灵　麦克白！麦克白！麦克白！——

麦克白　我要是有三只耳朵，我的三只耳朵都会听着你。

第二幽灵　你要残忍、勇敢、坚决；你可以把人类的力量付之一笑，因为没有一个妇人所生下的人可以伤害麦克白。

隐入地下

麦克白　那么尽管活下去吧，麦克德夫；我何必惧怕你呢？可是我要使确定的事实加倍确定，从命运手里接受切实的保证。我还是要你死，让我可以斥胆怯的恐惧为虚妄，在雷电怒作的夜里也能安心睡觉。

[雷鸣]第三幽灵出现,为一

戴王冠之小儿,手持树枝

麦克白　这升起来的是什么,他的模样像是一个王子,他幼稚的头上还戴着统治的荣冠?

众巫　静听,不要对它说话。

第三幽灵　你要像狮子一样骄傲而无畏,不要关心人家的怨怒,也不要担忧有谁在算计你。麦克白永远不会被人打败,除非有一天勃南的树林会冲着他向邓西嫩高山移动。

隐入地下

麦克白　那是决不会有的事;谁能够命令树木,叫它从泥土之中拔起它的深根来呢?幸运的预兆!好!勃南的树林不会移动,叛徒的举事也不会成功,我们巍巍高位的麦克白将要尽其天年,在他寿数告终的时候奄然物化。可是我的心还在跳动着想要知道一件事情;告诉

|||我，要是你们的法术能够解释我的疑惑，班柯的后裔会不会在这一个国土上称王？

众巫|||不要追问下去了。

麦克白|||我一定要知道究竟；要是你们不告诉我，愿永久的咒诅降在你们身上！告诉我。为什么那口釜沉了下去？这是什么声音？［高音笛声］

女巫甲|||出来！

女巫乙|||出来！

女巫丙|||出来！

众巫|||［合］一见惊心，魂魄无主；

如影而来，如影而去。

作国王装束者八人次第上，
最后一人持镜，班柯鬼魂随其后

麦克白|||你太像班柯的鬼魂了；下去！你的王冠刺痛了我的眼珠。怎么，又是一个戴着王冠的，你的头发也跟第一个一样。第三个又跟第二个一样。该死的鬼婆

子！你们为什么让我看见这些人？第四个！跳出来吧，我的眼睛！什么！这一连串戴着王冠的，要到世界末日才会完结吗？又是一个？第七个！我不想再看了。可是第八个又出现了，他拿着一面镜子，我可以从镜子里面看见许许多多戴王冠的人；有几个还拿着两个金球，三根御杖。可怕的景象！啊，现在我知道这不是虚妄的幻象，因为浑身血迹的班柯在向我微笑，用手指点着他们，表示他们就是他的子孙。

众幻影消灭

什么！真是这样吗？

女巫甲 嗯，这一切都是真的；可是麦克白为什么这样呆若木鸡？来，姊妹们，让我们鼓舞鼓舞他的精神，用最好的歌舞替他消愁解闷。我先用魔法使空中奏起乐来，你们就挽成一个圈子，团团跳舞，让这位伟大的君王知道，我们并没有怠慢他。

[音乐]众女巫跳舞，舞毕与赫卡忒俱隐去

麦克白 她们在哪儿？去了？愿这不祥的时辰在日历上永远被人咒诅！外面有人吗？进来！

列诺克斯上

列诺克斯 陛下有什么命令？

麦克白 你看见那三个女巫吗？

列诺克斯 没有，陛下。

麦克白 她们没有打你身边过去吗？

列诺克斯 确实没有，陛下。

麦克白 愿她们所驾乘的空气都化为毒雾，愿一切相信她们言语的人都永堕沉沦！我方才听见奔马的声音，是谁经过这地方？

列诺克斯 启禀陛下，刚才有两三个使者来过，向您报告麦克德夫已经逃奔英格兰去了。

麦克白　　　逃奔英格兰去了！

列诺克斯　　是，陛下。

麦克白　　　时间，你早就料到我的狠毒的行为，竟抢先了一着；要追赶上那飞速的恶念，就得马上付诸行动；从这一刻起，我心里一想到什么，便要立刻实行，没有迟疑的余地；我现在就要用行动表示我的意志——想到便下手。我要去突袭麦克德夫的城堡；把费辅攫取下来；把他的妻子儿女和一切跟他有血缘之亲的不幸的人统统杀死。我不能像一个傻瓜似的只会空口说大话；我必须趁着我这意图还没有冷淡下来以前，就把这件事干好。可是我不想再看见什么幻象了！那几个使者呢？来，带我去见见他们。

　　　　　　　　　　　　　　同下

第 二 场

费辅。麦克德夫城堡

麦克德夫夫人、麦克德夫子及

洛斯上

麦克德夫夫人　他干了什么事，要逃亡国外？

　　洛斯　您必须安心忍耐，夫人。

麦克德夫夫人　他可没有一点忍耐。他的逃亡全然是发疯。我们的行为本来是光明坦白的，可是我们的疑虑却使我们成为叛徒。

　　洛斯　您还不知道他的逃亡究竟是明智的行为还是无谓的疑虑。

麦克德夫夫人 明智的行为！他自己高飞远走，把他的妻子儿女、他的宅第尊位，一齐丢弃不顾，这算是明智的行为吗？他不爱我们；他没有天性之情；鸟类中最微小的鹪鹩也会奋不顾身，和鸱鸮争斗，保护它巢中的众雏。他心里只有恐惧，没有爱；也没有一点智慧，因为他的逃亡是完全不合情理的。

洛斯 好嫂子，请您抑制一下自己；讲到尊夫的为人，那么他是高尚明理而有见识的，他知道应该怎样见机行事。我不敢多说什么；现在这种时世太冷酷无情了，我们自己还不知道，就已经蒙上了叛徒的恶名；一方面恐惧流言，一方面却不知道为何而恐惧，就像在一个风波险恶的海上漂浮，全没有一定的方向。现在我必须向您告辞；不久我会再到这儿来。最恶劣的事态总有一天会告一段落，或者逐渐恢复原状。我的可

	爱的侄儿,祝福你!
麦克德夫夫人	他虽然有父亲,却和没父亲一样。
洛斯	我要是再逗留下去,才真是不懂事的傻子,既会叫人家笑话我不像个男子汉,还要连累您心里难过。我现在立刻告辞了。

下

麦克德夫夫人	小子,你爸爸死了,你现在怎么办?你预备怎样过活?
麦克德夫子	像鸟儿一样过活,妈妈。
麦克德夫夫人	什么!吃些小虫儿、飞虫儿吗?
麦克德夫子	我的意思是说,我得到些什么就吃些什么,正像鸟儿一样。
麦克德夫夫人	可怜的鸟儿!你从来不怕有人张起网儿、布下陷阱,捉了你去哩。
麦克德夫子	我为什么要怕这些,妈妈?他们是不会算计可怜的小鸟的。我的爸爸并没有死,虽然您说他死了。
麦克德夫夫人	不,他真的死了。你没了父亲怎么好呢?

麦克德夫子	您没了丈夫怎么好呢?
麦克德夫夫人	嘿,我可以到随便哪个市场上去买二十个丈夫回来。
麦克德夫子	那么您买了他们回来,还是要卖出去的。
麦克德夫夫人	这刁钻的小油嘴。可也亏你想得出来。
麦克德夫子	我的爸爸是个反贼吗,妈妈?
麦克德夫夫人	嗯,他是个反贼。
麦克德夫子	怎么叫作反贼?
麦克德夫夫人	反贼就是起假誓扯谎的人。
麦克德夫子	凡是反贼都是起假誓扯谎的吗?
麦克德夫夫人	起假誓扯谎的人都是反贼,都应该绞死。
麦克德夫子	起假誓扯谎的都应该绞死吗?
麦克德夫夫人	都应该绞死。
麦克德夫子	谁去绞死他们呢?
麦克德夫夫人	那些正人君子。
麦克德夫子	那么那些起假誓扯谎的都是些傻瓜,他们有这许多人,为什么不联合起来打倒那些正人君子,把他们绞死了呢?
麦克德夫夫人	哎哟,上帝保佑你,可怜的猴子!可

	是你没了父亲怎么好呢?
麦克德夫子	要是他真的死了,您会为他哀哭的;要是您不哭,那是一个好兆,我就可以有一个新的爸爸了。
麦克德夫夫人	这小油嘴真会胡说!

一使者上

使者	祝福您,好夫人!您不认识我,可是我久闻夫人的令名,所以特地前来,报告您一个消息。我怕夫人眼下有极大的危险,要是您愿意接受一个微贱之人的忠告,那么还是离开此地,赶快带着您的孩子们避一避的好。我这样惊吓着您,已经是够残忍的了;要是有人再要加害于您,那真是太没有人道了,可是这没人道的事儿快要落到您头上了。上天保佑您!我不敢多耽搁时间。

下

麦克德夫夫人	叫我逃到哪儿去呢?我没有做过害人的事。可是我记起来了,我是在这个世

上,这世上做了恶事才会被人恭维赞美,做了好事反会被人当作危险的傻瓜;那么,唉!我为什么还要用这种婆子气的话替自己辩护,说是我没有做过害人的事呢?

刺客等上

麦克德夫夫人　这些是什么人?

众刺客　你的丈夫呢?

麦克德夫夫人　我希望他是在光天化日之下,你们这些鬼东西不敢露脸的地方。

刺客　他是个反贼。

麦克德夫子　你胡说,你这蓬头的恶人!

刺客　什么!你这叛徒的孽种![刺麦克德夫子]

麦克德夫子　他杀死我了,妈妈;您快逃吧!

[死]麦克德夫夫人呼:

"杀了人啦!"下,众刺客追下

第 三 场

英格兰。王宫前

马尔康及麦克德夫上

马尔康　　让我们找一处没有人踪的树荫，在那里把我们胸中的悲哀痛痛快快地哭个干净吧。

麦克德夫　我们还是紧握着利剑，像好汉子似的卫护我们被蹂躏的祖国吧。每一个新的黎明都听得见新孀的寡妇在哭泣，新失父母的孤儿在号啕，新的悲哀上冲霄汉，发出凄厉的回声，就像哀悼苏格兰的命运,替她奏唱挽歌一样。

马尔康　我痛哭我相信的事,我相信我所知道的事;我只要有机会效忠祖国,也愿意尽我的力量。您说的话也许是事实。一提起这个暴君的名字,我们就切齿腐舌。可是他曾经有过正直的名声,您对他也有很好的交情,他也还没有加害于您。我虽然年轻识浅,可是您也许可以利用我向他邀功求赏,把一只柔弱无罪的羔羊向一个愤怒的天神献祭,不失为一件聪明的事。

麦克德夫　我不是一个奸诈小人。

马尔康　麦克白却是的。在尊严的王命之下,忠实仁善的人也许不得不背着天良行事。可是我必须请您原谅;您忠诚的人格决不会因为我用小人之心去测度它而发生变化;最光明的天使也许会堕落,可是天使总是光明的;虽然小人全都貌似忠良,可是忠良的一定仍然不失

	他的本色。
麦克德夫	我已经失去我的希望。
马尔康	也许正是这一点才引起了我的怀疑。您为什么不告而别,丢下您的妻子儿女,您那些宝贵的骨肉、爱情的牢固的纽带,让他们担惊受险呢?请您不要把我的多心引为耻辱,为了我自己的安全,我不能不这样顾虑。不管我心里怎样想,也许您真是一个忠义的汉子。
麦克德夫	流血吧,流血吧,可怜的国家!不可一世的暴君,奠下你安若泰山的基业吧,因为正义的力量不敢向你诛讨!戴着你那不义的王冠吧,这是你已确定的名分;再会,殿下;即使把这暴君统治下的全部土地一起给我,再加上富庶的东方,我也不愿做一个像你所猜疑的那样的奸人。
马尔康	不要生气;我说这样的话,并不是完全因为不放心您。我想我们的国家呻吟在

虐政之下,流泪、流血,每天都有一道新的伤痕加在旧日的疮痍之上;我也想到一定有许多人愿意为了我的权利奋臂而起,就在友好的英格兰这里,也已经有数千义士愿意给我助力;可是虽然这样说,要是我有一天能够把暴君的头颅放在足下践踏,或者把它悬挂在我的剑上,我的可怜的祖国却要在一个新的暴君的统治之下,滋生更多的罪恶,忍受更大的苦痛,造成更分歧的局面。

麦克德夫　这新的暴君是谁?

马尔康　我的意思是我自己;我知道在我的天性之中,深植着各种的罪恶,要是有一天暴露出来,黑暗的麦克白在相形之下,将会变成白雪一样纯洁;我们可怜的国家看见了我无限的暴虐,将会把他当作一头羔羊。

麦克德夫　踏遍地狱也找不出一个比麦克白更万恶

不赦的魔鬼。

马尔康　我承认他嗜杀、骄奢、贪婪、虚伪、欺诈、狂暴、凶恶,一切可以指名的罪恶他都有;可是我的淫逸是没有止境的:你们的妻子、女儿、贵妇、侍女,都不能填满我的欲壑;我的猖狂的欲念会冲决一切节制和约束;与其让这样一个人做国王,还是让麦克白统治的好。

麦克德夫　从人的生理来说,无限制的纵欲是一种"虐政",它曾经推翻了无数君主,使他们不能长久坐在王位上。可是您还不必担心,谁也不能禁止您满足您的分内的欲望;您可以一方面尽情欢乐,一方面在外表上装出庄重的神气,世人的耳目是很容易遮掩过去的。我们国内尽多自愿献身的女子,无论您怎样贪欢好色,也应付不了这许多求荣献媚的娇娥。

马尔康　除了这一种弱点以外,在我的邪僻的心中还有一种不顾廉耻的贪婪，要是我做了国王，我一定要诛锄贵族，侵夺他们的土地；不是向这个人索取珠宝，就是向那个人索取房屋；我所有的越多，我的贪心越不知道餍足，我一定会为了图谋财富的缘故，向善良忠贞的人无端寻衅，把他们陷于死地。

麦克德夫 这一种贪婪比起少年的情欲来，它的根是更深而更有毒的，我们曾经有许多过去的国王死在它的剑下。可是您不用担心，苏格兰有足够您享用的财富，它都是属于您的；只要有其他的美德，这些缺点都不算什么。

马尔康 可是我一点没有君主之德，什么公平、正直、节俭、镇定、慷慨、坚毅、仁慈、谦恭、诚敬、宽容、勇敢、刚强，我全没有；各种罪恶却应有尽有，在各方面表现出来。嘿，要是我掌握了大权，我一定要把和谐的甘乳倾入地狱，扰乱世界的和平，破坏地上的统一。

麦克德夫　啊，苏格兰，苏格兰！

马尔康　你说这样一个人是不是适宜于统治？我正是像我所说那样的人。

麦克德夫　适宜于统治！不，这样的人是不该让他留在人世的。啊，多难的国家，一个篡位的暴君握着染血的御杖高踞在王座上，你的最合法的嗣君又亲口吐露了他是这样一个可咒诅的人，辱没了他的高贵的血统，那么你几时才能重见天日呢？你的父王是一个最圣明的君主；生养你的母后朝夕都在屈膝跪求上天的垂怜，每天都生活在死亡的笼罩中。再会！你自己供认的这些罪恶，已经把我从苏格兰放逐。啊，我的胸膛，你的希望永远在这儿埋葬了！

马尔康　麦克德夫，只有一颗正直的心，才会有这种勃发的忠义之情，它已经把黑暗的疑虑从我的灵魂上一扫而空，使我充分信任你的真诚。魔鬼般的麦克白曾经派了许多说客来,想要把我诱进他的罗网,所以我不得不着意提防;可是上帝鉴临在你我二人的中间!从现在起,我委身听从你的指导,并且撤回我刚才对自己所讲的坏话,我所加在我自己身上的一切污点,都是我的天性中所没有的。我还没有近过女色,从来没有背过誓,即使是我自己的东西,我也没有贪得的欲念;我从不曾失信于人,我不愿把魔鬼出卖给他的同伴,我珍爱忠诚不亚于生命;刚才我对自己的诽谤,是我第一次说谎。那真诚的我,是准备随时接受你和我的不幸祖国的命令的。在你还没有到这儿来以前,年老的西华德已经带领了一万个战士,装备齐全,向苏格兰出发了。现在我们就可以把我们的力量合并在一起;我们堂堂正正的义师,一定可以得

	胜。您为什么不说话？
麦克德夫	好消息和恶消息同时传进了我的耳朵里，使我的喜怒都失去了自主。

一医生上

马尔康	好，等会儿再说。请问一声，王上出来了吗？
医生	出来了，殿下；有一大群不幸的人在等候他医治，他们的疾病令最高明的医生束手无策，可是上天给他这样神奇的力量，只要他的手一触，他们就立刻痊愈了。
马尔康	谢谢您的见告，大夫。

医生下

麦克德夫	他说的是什么疾病？
马尔康	他们都把它叫作瘰疬；自从我来到英国，我常常看见这位善良的国王显示他奇妙无比的本领。除了他自己以外，谁也不知道他是怎样祈求着上天；可是害着怪病的人，浑身肿烂，惨不忍睹，一

切外科手术无法医治的，他只要嘴里念着祈祷，亲手将一枚金章挂在他们的颈上，他们便会霍然痊愈；据说他这种治病的天能，是世世相传永袭罔替的。除了这种特殊的本领以外，他还是一个天生的预言者，福祥环拱着他的王座，表示他具有各种美德。

麦克德夫　瞧，谁来啦？

马尔康　是我们国里的人，可是我还认不出他是谁。

洛斯上

麦克德夫　我的贤弟，欢迎。

马尔康　我现在认识他了。好上帝，赶快除去使我们成为陌路之人的那一层隔膜吧！

洛斯　阿门，殿下。

麦克德夫　苏格兰还是原来那样子吗？

洛斯　唉！可怜的祖国！它简直不敢认识它自己。它不能再称为我们的母亲，只是我们的坟墓；在那边，除了浑浑噩噩、一无所知的人以外，谁的脸上也不曾有过一丝笑容；叹息、呻吟、震撼天空的呼号，都是日常听惯的声音，不能再引起人们的注意；剧烈的悲哀变成一般的风气；葬钟敲响的时候，谁也不再关心它是为谁而鸣；善良人的生命往往在他们帽上的花朵还没有枯萎以前就化为朝露。

麦克德夫　啊！太巧妙，也是太真实的描写！

马尔康　最近有什么令人痛心的事情？

洛斯　一小时以前的变故，在叙述者的嘴里就已经变成陈迹了；每一分钟都产生新的祸难。

麦克德夫　我的妻子安好吗？

洛斯　呃，她很安好。

麦克德夫　我的孩子们呢？

洛斯　也很安好。

麦克德夫　那暴君还没有毁坏他们的平静吗？

洛斯　没有；当我离开他们的时候，他们是很平安的。

麦克德夫　不要吝惜你的言语；究竟怎样？

洛斯　当我带着沉重的消息、预备到这儿来传报的时候，一路上听见谣传，说是许多有名望的人都已经起义；这种谣言照我想起来是很可靠的，因为我亲眼看见那暴君的军队在出动。现在是应该出动全力挽救祖国沦夷的时候了；你们要是在苏格兰出现，可以使男人们个个变成兵士，使女人们愿意从困苦之下争取她们的解放而作战。

马尔康　我们正要回去，就让这消息作为他们的安慰吧。友好的英格兰已经借给我们西华德将军和一万兵士，所有基督教的国家里找不出一个比他更老练、更优秀的军人。

洛斯　我希望我也有同样好的消息给你们！可是我所要说的话，是应该把它在荒野里呼喊，不让它钻进人们耳中的。

麦克德夫 它是关于哪方面的？是和大众有关的呢，还是一两个人单独的不幸？

洛斯 天良未泯的人，对于这件事都觉得像自己身受一样伤心，虽然你是最能感到切身之痛的一个。

麦克德夫 倘然那是与我有关的事，那么不要瞒过我；快让我知道了吧。

洛斯 但愿你的耳朵不要从此永远憎恨我的舌头，因为它将要让你听见你有生以来所听到的最惨痛的声音。

麦克德夫 哼，我猜到了。

洛斯 你的城堡受到袭击；你的妻子和儿女都惨死在野蛮的刀剑之下；要是我把他们的死状告诉你，那会使你痛不欲生，只会在他们已经成为被杀害了的驯鹿似的尸体上，再加上了你的。

马尔康 慈悲的上天！什么，朋友！不要把你的帽子拉下来遮住你的额角；用言语把你的悲伤倾泻出来吧；无言的哀痛是会向那不堪重压的心低声耳语，叫它裂成碎片的。

麦克德夫 我的孩子也都死了吗？

洛斯 妻子、孩子、仆人，凡是被他们找得到的，杀得一个不存。

麦克德夫 我却不得不离开那里！我的妻子也被杀了吗？

洛斯 我已经说过了。

马尔康 请宽心吧；让我们用壮烈的复仇作药饵，治疗这一段惨酷的悲痛。

麦克德夫 他自己没有儿女。我可爱的宝贝们都死了吗？你说他们一个也不存在了吗？啊，地狱里的恶鸟！一个也不留？什么！我的可爱的鸡雏们和他们的母亲一起葬送在毒手之下了吗？

马尔康 拿出男子汉的气概来。

麦克德夫 我要拿出男子汉的气概来；可是我不能抹杀我人类的感情。我怎么能够把我所最珍爱的人置之度外，不去想念他们呢？难道上天看见这一幕惨剧而不对他们抱同情吗？罪恶深重的麦克德夫！他们都是为了你而死于非命的。我真该死，他们没有一点罪过，只是因为我自己不好，无情的屠戮才会降临到他们的身上。愿上天给他们安息！

马尔康　把这一桩仇恨作为磨快你剑锋的砺石；让哀痛变成愤怒；不要让你的心麻木下去，激起它的怒火来吧。

麦克德夫　啊！我可以一方面让我的眼睛里流着妇人之泪，一方面让我的舌头发出豪言壮语。可是，仁慈的上天，求你撤除一切中途的障碍，让我跟这苏格兰的恶魔正面相对，使我的剑能够刺到他的身上；要是我放他逃走了，那么上天饶恕他吧！

马尔康　这几句话说得很像个汉子。来，我们见国王去；我们的军队已经调齐，一切齐备，只待整装出发。麦克白气数将绝，天诛将至;黑夜无论怎样悠长,白昼总会到来的。

同下

第五幕

ACT V

OUT, OUT, BRIEF CANDLE!
LIFE'S BUT A
WALKING SHADOW.

熄灭了吧,熄灭了吧,短促的烛光!
人生不过是一个行走的影子。

第 一 场

邓西嫩。城堡中一室

一医生及一侍女上

医生　我已经陪着你看守了两夜,可是一点不能证实你的报告。她最后一次晚上起来行动是在什么时候?

侍女　王上出征以后,我曾经看见她从床上起来,披上睡衣,开了橱门上的锁,拿出信纸,把它折起来,在上面写了字,读了一遍,然后把信封好,再回到床上去;可是在这一段时间里,她始终睡得很熟。

医生　这是心理上的一种重大纷乱，一方面处于睡眠的状态，一方面还能像醒着一般做事。在这种睡眠不安的情形之下，除了走路和其他动作以外，你有没有听见她说过什么话？

侍女　大夫，那我可不能把她的话照样告诉您。

医生　你不妨对我说，而且应该对我说。

侍女　我不能对您说，也不能对任何人说，因为没有一个证人可以证实我的话。

麦克白夫人持烛上

侍女　您瞧！她来啦。这正是她往常的样子；凭着我的生命起誓，她现在睡得很熟。留心看着她；站近一些。

医生　她怎么会有那支蜡烛？

侍女　那就是放在她的床边的；她的寝室里通宵点着灯火，这是她的命令。

医生　你瞧，她的眼睛睁着呢。

侍女　嗯，可是她的视觉却关闭着。

医生　　　她现在在干什么？瞧，她在擦着手。

侍女　　　这是她的一个惯常的动作，好像在洗手似的。我曾经看见她这样擦了足有一刻钟的时间。

麦克白夫人　可是这儿还有一点血迹。

医生　　　听！她说话了。我要把她的话记下来，免得忘记。

麦克白夫人　去，该死的血迹！去吧！一点、两点，啊，那么现在可以动手了。地狱里是这样幽暗！呸，我的爷，呸！你是一个军人，也会害怕吗？既然谁也不能奈何我们，为什么我们要怕被人知道？可是谁想得到这老头儿会有这么多血？

医生　　　你听见没有？

麦克白夫人　费辅爵士从前有一个妻子；现在她在哪儿？什么！这两只手再也不会干净了吗？算了，我的爷，算了；你这样大惊小怪，把事情都弄糟了。

医生　　　说下去，说下去；你已经知道你所不应该知道的事。

侍女　我想她已经说了她所不应该说的话；天知道她心里有些什么秘密。

麦克白夫人　这儿还是有一股血腥气；所有阿拉伯的香料都不能叫这只小手变得香一点。啊！啊！啊！

医生　这一声叹息多么沉痛！她的心里蕴蓄着无限的凄苦。

侍女　我不愿为了身体上的尊荣，而让我的胸膛里装着这样一颗心。

医生　好，好，好。

侍女　但愿一切都是好好的，大夫。

医生　这种病我没有法子医治。可是我知道有些曾经在睡梦中走动的人，都是很虔敬地寿终正寝。

麦克白夫人　洗净你的手，披上你的睡衣；不要这样面无人色。我再告诉你一遍，班柯已经下葬了；他不会从坟墓里出来的。

医生　有这等事？

麦克白夫人　　睡去,睡去;有人在敲门哩。来,来,来,来,让我搀着你。事情已经干了就算了。睡去,睡去,睡去。

下

医生　　她现在要上床去吗?

侍女　　就要上床去了。

医生　　外边很多骇人听闻的流言。反常的行为引起了反常的纷扰;良心负疚的人往往会向无言的衾枕泄露他们的秘密;她需要教士的训诲甚于医生的诊视。上帝,上帝饶恕我们一切世人!留心照料她;凡是可以伤害她自己的东西全都要从她手边拿开;随时看顾着她。好,晚安!她扰乱了我的心,迷惑了我的眼睛。我心里所想到的,却不敢把它吐出嘴唇。

侍女　　晚安,好大夫。

各下

第 二 场

邓西嫩附近乡野

[旗鼓前导]孟提斯、凯士纳斯、安格斯、列诺克斯及兵士等上

孟提斯 英格兰军队已经迫近,领军的是马尔康、他的叔父西华德和麦克德夫三人,他们的胸头燃起复仇的怒火;即使心如死灰的人,为了这种痛入骨髓的仇恨也会激起流血的决心。

安格斯 在勃南森林附近,我们将要碰上他们;

凯士纳斯	他们正在从那条路上过来。
凯士纳斯	谁知道道纳本是不是跟他的哥哥在一起?
列诺克斯	我可以确实告诉你,将军,他们不在一起。我有一张他们军队里高级将领的名单,里面有西华德的儿子,还有许多初上战场、乳臭未干的少年。
孟提斯	那暴君有什么举动?
凯士纳斯	他把邓西嫩防御得非常坚固。有人说他疯了;对他比较没有什么恶感的人,却说那是一个猛士的愤怒;可是他不能自己约束住他慌乱的心情,却是一件无疑的事实。
安格斯	现在他已经感觉到他暗杀的罪恶紧粘在他的手上;每分钟都有一次叛变,谴责他的不忠不义;受他命令的人,都不过奉命行事,并不是出于对他的忠诚;现在他已经感觉到他的尊号罩在他的身上,就像一个矮小的偷儿穿了一件巨人的衣服一样束手绊脚。

孟提斯 他自己的灵魂都在谴责它本身的存在,谁还能怪他的昏乱的知觉怔忡不安呢。

凯士纳斯 好,我们整队前进吧;我们必须认清谁是我们应该服从的人。为了拔除祖国的沉痼,让我们准备和他共同流尽我们的最后一滴血。

列诺克斯 否则我们也愿意喷洒我们的热血,灌溉这一朵国家主权的娇花,淹没那凭陵它的野草。向勃南进军!

众列队行进下

第 三 场

邓西嫩。城堡中一室

麦克白、医生及侍从等上

麦克白 不要再告诉我什么消息;让他们一个个逃走吧;除非勃南的森林会向邓西嫩移动,我是不知道有什么事情值得害怕的。马尔康那小子算得什么?他不是妇人所生的吗?预知人类死生的精灵曾经这样向我宣告:"不要害怕,麦克白,没有一个妇人所生下的人可以加害于你。"那么逃走吧,不忠的爵士们,去跟那些饕餮的英格兰人在一起吧。我的头脑,永远不会被疑虑所困扰,我的心灵永远不会被恐惧所震荡。

一仆人上

麦克白　魔鬼罚你变成炭团一样黑,你这脸色惨白的狗头!你从哪儿得来这么一副呆鹅的蠢相?

仆人　有一万——

麦克白　一万只鹅吗,狗才?

仆人　一万个兵,陛下。

麦克白　去刺破你自己的脸,把你那吓得毫无血色的两颊染一染红吧,你这鼠胆小子。什么兵,蠢材?该死的东西!瞧你吓得脸像白布一般。什么兵,不中用的奴才?

仆人　启禀陛下,是英格兰兵。

麦克白　不要让我看见你的脸。

　　　　　　　　　　　　仆人下

西登!——我心里很不舒服,当我看

见——喂,西登!——这一次的战争也许可以使我从此高枕无忧,也许可以立刻把我倾覆。我已经活得够长久了;我的生命已经日渐枯萎,像一片凋谢的黄叶;凡是老年人所应该享有的尊荣、敬爱、服从和一大群的朋友,我是没有希望再得到了;代替这一切的,只有低声而深刻的咒诅,口头上的恭维和一些违心的假话。西登!

西登上

西登　陛下有什么吩咐?

麦克白　还有什么消息没有?

西登　陛下,刚才所报告的消息,全都证实了。

麦克白　我要战到我的全身不剩一块好肉。给我拿战铠来。

西登　现在还用不着哩。

麦克白　我要把它穿起来。加派骑兵,到全国各处巡回视察,要是有谁嘴里提起了一句害怕的话,就把他吊死。给我拿战铠来。大夫,你的病人今天怎样?

医生　回陛下,她并没有什么病,只是因为思虑太过,连续不断的幻想扰乱了她的神经,使她不得安息。

麦克白　替她医好这一种病。你难道不能诊治那种病态的心理,从记忆中拔去一桩根深蒂固的忧郁,拭掉那写在头脑中的烦恼,用一种使人忘却一切的甘美药剂,把那堆满在胸间、重压在心头的积毒扫除干净吗?

医生　那还是要仗病人自己设法的。

麦克白　那么把医药丢给狗子吧;我不要仰仗它。来,替我穿上战铠;给我拿指挥杖来。西登,把骑兵派出去。——大夫,那些爵士们都背着我逃走了。——来,快。——大夫,要是你能够替我的国家验一验小便,查明它的病根,使它恢复原来的健康,我一定要使太空之中充满着我对你的赞美的回声。——喂,把它脱下了。——什么大黄肉桂,什么清泻的药剂,可以把这些英格兰人排泄掉?你听见过这类药草吗?

医生　是的,陛下;我听说陛下准备亲自带兵迎战呢。

麦克白　给我把铠甲带着。除非勃南森林会向邓西嫩移动,我对死亡和毒谋都没有半分惊恐。

医生　[*旁白*]要是我能够远远地离开邓西嫩,高官厚禄再也诱不动我回来。

同下

第 四 场

勃南森林附近的乡野

[旗鼓前导] 马尔康、西华德父子、麦克德夫、孟提斯、凯士纳斯、安格斯、列诺克斯、洛斯及兵士等列队行进上

马尔康　诸位贤卿,我希望大家都能够安枕而寝的日子已经不远了。

孟提斯　那是我们一点也不疑惑的。

西华德　前面这一座是什么树林?

孟提斯　勃南森林。

马尔康　　每一个兵士都砍下一根树枝来,把它举起在各人的面前;这样我们可以隐匿我们全军的人数,让敌人无从知道我们的实力。

众兵士　　得令。

西华德　　我们所得到的情报,都说那自信的暴君仍旧在邓西嫩深居不出,等候我们兵临城下。

马尔康　　这是他唯一的希望;因为在他手下的人,不论地位高低,一找到机会都要叛弃他,他们接受他的号令,都只是出于被迫,并不是自己心愿。

麦克德夫　　等我们看清了真情实况再下准确的判断吧,眼前让我们发扬战士的坚毅的精神。

西华德　　我们这一次的胜败得失,不久就可以分晓。口头的推测不过是一些悬空的希望,实际的行动才能够产生决定的结果,大家奋勇前进吧!

众列队行进下

第 五 场

邓西嫩。城堡内

[旗鼓前导]麦克白、西登及兵士等上

麦克白 把我们的旗帜挂在城墙外面;到处仍旧是一片"他们来了"的呼声;我们这座城堡防御得这样坚强,还怕他们围攻吗?让他们到这儿来,等饥饿和瘟疫来把他们收拾去吧。倘不是我们自己的军队也倒了戈跟他们联合在一起,我们尽可以挺身出战,把他们赶回老

　　　　　家去。[内妇女哭声]那是什么声音？

　西登　　是妇女们的哭声，陛下。

下

　麦克白　我简直已经忘记了恐惧的滋味。从前一声晚间的哀叫，可以把我吓出一身冷汗，听着一段可怕的故事，我的头发会像有了生命似的竖起来。现在我已经饱尝无数的恐怖；我习惯于杀戮的思想，再也没有什么悲惨的事情可以使它惊悚了。

西登重上

　麦克白　那哭声是为了什么事？

　西登　　陛下，王后死了。

　麦克白　她反正要死的，迟早总会有听到这个消息的一天。明天，明天，再一个明天，一天接着一天地蹑步前进，直到最后一秒钟的时间；我们所有的昨天，不过替傻子们照亮了到死亡土壤中去的路。熄灭了吧，熄灭了吧，短促的烛光！

人生不过是一个行走的影子，一个在舞台上指手画脚的拙劣的伶人，登场片刻，就在无声无息中悄然退下；它是一个愚人所讲的故事，充满着喧哗和骚动，却找不到一点意义。

一使者上

麦克白 你要来拨弄你的唇舌，有什么话快说。

使者 陛下，我应该向您报告我以为我所看见的事，可是我不知道应该怎样说起。

麦克白 好，你说吧。

使者 当我站在山头守望的时候，我向勃南一眼望去，好像那边的树木都在开始行动了。

麦克白 说谎的奴才！

使者 要是没有那么一回事，我愿意悉听陛下的惩处；在这三英里路以内，您可以看见它向这边过来；一座活动的树林。

麦克白 要是你说了谎话，我就把你活活吊在最近的一株树上，让你饿死；要是你的话是真的,我也希望你把我吊死了吧。我的决心已经有些动摇,我开始怀疑起那魔鬼所说的似是而非的暧昧的谎话了;"不要害怕,除非勃南森林会到邓西嫩来";现在一座树林真的到邓西嫩来了。披上武装,出去!他所说的这种事情要是果然出现,那么逃走固然逃走不了,留在这儿也不过坐以待毙。我现在开始厌倦白昼的阳光,但愿这世界早一点崩溃。敲起警钟来!吹吧,狂风!来吧,灭亡!就是死我们也要捐躯沙场。

同下

第 六 场

同前。城堡前平原

[旗鼓前导]马尔康、老西华德、麦克德夫等率军队各持树枝上

马尔康 现在已经相去不远;把你们树叶的幕障抛下,现出你们威武的军容来。尊贵的叔父,请您带领我的兄弟——您的英勇的儿子,先去和敌人交战;其余的一切统归尊贵的麦克德夫跟我负责部署。

西华德 再会。今天晚上我们只要找得到那暴君的军队,一定要跟他们拼个你死我活。

麦克德夫　把我们所有的喇叭一齐吹起来;鼓足了你们的中气,把流血和死亡的消息吹进敌人的耳里。

同下

第 七 场

同前。平原上的另一部分

[号角声]麦克白上

麦克白　他们已经缚住我的手脚;我不能逃走,可是我必须像熊一样挣扎到底。哪一个人不是妇人生下的?除了这样一个人以外,我还怕什么人。

小西华德上

小西华德　你叫什么名字?

麦克白　我的名字说出来会吓坏你。

小西华德　即使你给自己取了一个比地狱里的魔鬼

	更炽热的名字,也吓不倒我。
麦克白	我就叫麦克白。
小西华德	魔鬼自己也不能向我的耳中说出一个更可憎的名字。
麦克白	他也不能说出一个更可怕的名字。
小西华德	胡说,你这可恶的暴君;我要用我的剑证明你的谎言。[二人交战,小西华德被杀]
麦克白	你是妇人所生的;我瞧不起一切妇人之子手里的刀剑。

下

[.号角声]麦克德夫上

| 麦克德夫 | 喧声是在那边。暴君,露出你的脸来;要是你已经被人杀死,等不及我来取你的性命,那么我妻子儿女的阴魂一定不会放过我。我不能杀害那些被你雇佣的倒霉士卒;我的剑倘不能刺中你,麦克白,我宁愿让它闲置不用,保全它的锋刃,把它重新插回鞘里。你应该在那边;这一阵高声的呐喊,好像是 |

宣布什么重要的人物上阵似的。命运，让我找到他吧！我没有别的奢求了。

下［号角声］

马尔康及老西华德上

西华德 这儿来，殿下；那城堡已经拱手纳降。暴君的人民有的帮这一面，有的帮那一面；英勇的爵士们一个个出力奋战；您已经胜算在握，大势就可以定了。

马尔康 我们也碰见了敌人，他们只是虚晃几枪罢了。

西华德 殿下，请进堡里去吧。

同下［号角声］

麦克白重上

麦克白 我为什么要学那些罗马人的傻样子，死在我自己的剑上呢？我的剑是应该为杀敌而用的。

麦克德夫重上

麦克德夫 转过来，地狱里的恶狗，转过来！

麦克白 我在一切人中间，最不愿意看见你。可

	是你回去吧,我的灵魂里沾着你一家人的血,已经太多了。
麦克德夫	我没有话说;我的话都在我的剑上,你这没有任何言语可以形容的狠毒的恶贼! [二人交战]
麦克白	你不过白费了气力;你要使我流血,正像用你锐利的剑锋在空气上划出道痕迹一样困难。让你的刀刃降落在别人的头上吧;我的生命是有魔法保护的,没有一个妇人所生的人可以把它伤害。
麦克德夫	不要再信任你的魔法了吧;让你所信奉的神告诉你,麦克德夫是没有足月就从他母亲的腹中剖出来的。
麦克白	愿那告诉我这样的话的舌头永受咒诅,因为它使我失去了男子汉的勇气!愿这些欺人的魔鬼再也不要被人相信,他们用模棱两可的话愚弄我们,听来好像大有希望,结果却完全和我们原来的期望相反。我不愿跟你交战。

麦克德夫　那么投降吧，懦夫，我们可以饶你活命，可是要叫你在众人的面前出丑：我们要把你的像画在帐篷外面，底下写着，"请来看暴君的原形。"

麦克白　我不愿投降，我不愿低头吻那马尔康小子足下的泥土，被那些下贱的民众任意唾骂。虽然勃南森林已经到了邓西嫩，虽然今天和你狭路相逢，你偏偏不是妇人所生下的，可是我还要擎起我的雄壮的盾牌，尽我最后的力量。来，麦克德夫，谁先喊"住手，够了"的，让他永远在地狱里沉沦。

二人且战且下

[吹退军号。喇叭奏花腔。旗鼓前导]马尔康、老西华德、洛斯、众爵士及兵士等重上

马尔康　我希望我们失踪的朋友都能够安然到来。

西华德　总有人免不了牺牲；可是照我眼前看见的这些人说起来，我们这次重大的胜利

所付的代价是很小的。

马尔康　麦克德夫跟您的英勇的儿子都失踪了。

洛斯　老将军，令郎已经尽了一个军人的责任；他刚刚到成人的年龄，就用他的勇往直前的战斗精神证明了他的英勇，像一个男子汉一样战死了。

西华德　那么他已经死了吗？

洛斯　是的，他的尸体已经从战场上搬走。他的死是一桩无价的损失，您必须勉抑哀思才好。

西华德　他的伤口是在前面吗？

洛斯　是的，在他的额部。

西华德　那么愿他成为上帝的兵士！就算我有像头发一样多的儿子，我也无法期待他们得到一个更光荣的结局；这就作为他的丧钟吧。

马尔康　他值得我们更深的悲悼，我将向他祭献我的哀思。

西华德　他已经得到他最大的酬报；他们说，他死得很英勇，他的责任已尽；愿上帝与他同在！又有好消息来了。

麦克德夫携麦克白首级重上

麦克德夫 祝福，吾王陛下！你就是国王了。瞧，篡贼的万恶的头颅已经取来；无道的虐政从此推翻了。我看见全国的英俊拥绕在你的周围，他们心里都在发出跟我同样的敬礼；现在我要请他们陪着我高呼：祝福，苏格兰的国王！

众人 祝福，苏格兰的国王！［喇叭奏花腔］

马尔康 多承各位拥戴，论功行赏，在此一朝。各位爵士国戚，从现在起，你们都得到了伯爵的封号，在苏格兰你们是最初享有这样封号的人。在这去旧布新的时候，我们还有许多事情要做；那些因为逃避暴君的罗网而出亡国外的朋友们，我们必须召唤他们回来；这个屠夫虽然已经死了，他的魔鬼般的王后，据说也已经亲手杀害了自己的生命，可是帮助他们杀人行凶的党羽,我们必须一一搜捕,处以极刑;此外一切必要的工作,我们都要按照上帝的旨意,分别先后,逐步处理。现在我要感谢各位的相助,还要请你们陪我到斯贡去,参与加冕大典。

[喇叭奏花腔]众下

注 释

① 三女巫各有一精怪听其驱使：侍候女巫甲的是狸猫精，侍候女巫乙的是癞蛤蟆，侍候女巫丙的则是怪鸟。
② 源自北伯威克审判中一位女巫的供词，她声称自己可以乘筛子扬帆过海。
③ 西纳尔为麦克白之父。
④ 在古希腊神话中，赫卡忒是掌管魔法、巫术、夜晚、月亮和鬼魂的女神。她常被描绘为三相女神，象征着女性的三种形态——少女、母亲和老妇。赫卡忒在文学作品中通常与黑暗和神秘力量联系在一起。
⑤ 阿契隆（Acheron），音译名，希腊神话中的一条冥河，被视作痛苦之河，传说亡魂要渡过这条河才能到达冥界的深处。